문학과지성 시인선 321

새벽 세 시의 사자 한 마리

남진우 시집

문학과지성사

문학과지성사에서 펴낸 남진우의 시집

죽은 자를 위한 기도(1996)
타오르는 책(2000)
숲속의 대성당(2025)

문학과지성 시인선 321

새벽 세 시의 사자 한 마리

초판 1쇄 발행 2006년 8월 14일
초판 6쇄 발행 2025년 6월 27일

지 은 이 남진우
펴 낸 이 이광호
펴 낸 곳 ㈜문학과지성사
등록번호 제1993-000098호
주   소 04034 서울 마포구 잔다리로7길 18(서교동 377-20)
전   화 02)338-7224
팩   스 02)323-4180(편집) 02)338-7221(영업)
전자우편 moonji@moonji.com
홈페이지 www.moonji.com

© 남진우, 2006. Printed in Seoul, Korea

ISBN 89-320-1709-3 02810

문학과지성 시인선 321

새벽 세 시의 사자 한 마리

남진우

2006

시인의 말

그물을 거둔 자리
물고기는 홀연히 나타났다 사라진다
은지느러미를 빛내며
수많은 물방울 사이 잡히지 않는
말들의 뒤채임

2006년 여름

남진우

새벽 세 시의 사자 한 마리

차례

시인의 말

제1부

제1부

모자 이야기

내 낡은 모자 속에서
아무도 산토끼를 끄집어낼 수는 없다
내 낡은 모자 속에 담긴 것은
끝없는 사막 위에 떠 있는 한 점 구름일 뿐
내 낡은 모자 속에서 사람들은
파도 소리도 바람 소리도 들을 수 없다
그러나 깊은 밤 내 낡은 모자에 귀를 갖다 대면
기적 소리와 함께 시커먼 화물 열차가 달려 나오기
도 한다
내 낡은 모자를 안고 오늘 나는 시장에 갔다
하지만 해 저물도록 아무도 사는 이 없어
나는 구름과 놀다가 기차를 타고 훌쩍
머나먼 사막으로 떠났다

누군지 모르는 그대여
내 낡은 모자를 사다오
달리는 화물 열차 끝에 매달려 오늘도 나는
내 모자를 쓸 그대를 찾아 헤맨다

꿈

그 새벽
나는 사과나무 아래 서 있었다

휘어진 가지마다
붉게 익은 심장이 마악 솟아오른 아침 햇살을 받아 번득이고
어둠에서 풀려나온 잎사귀 끝에 맺힌 물방울이 후드득 내 이마 위로 떨어져 내렸다
어디에도 과수원지기는 보이지 않았다
반쯤 무너진 황폐한 돌담 옆으로
저 멀리 소실점을 향해 늘어서 있는 사과나무들
거기 두근두근 열린 태양의 과실들

나는 손을 뻗어 붉게 익은 심장 하나를 땄다
내 손바닥 위에서 팔딱이는
붉고
동그란
심장

한입 가득 그것을 베어 물자
어디선가 맹렬히 타종 소리가 울려 퍼지고
보이지 않던 새들이 깃을 치며 일제히 날아올랐다

그 새벽 내가 서 있는 곳은
우물가였다 나는 마른 우물 바닥 저 밑에서 홀로
붉게 빛나는 것을 내려다보고 있었다

여우 이야기

날이 저물면 아내는
꼬리 아홉 달린 여우로 변해
어디론가 사라진다 둥근 달이 뜬 밤 꼬리에 꼬리를
물고
일어나는 흉흉한 소문들

들판엔 모닥불이 피어오르고
한 해 추수를 마친 남정네들의 거나한 노랫가락
아내가 없는 텅 빈 집에서
나는 밤새도록 술을 마시고

어디선가 컹컹 짖는 소리와 함께
꼬리 아홉 달린 여우는 이 마을에서 저 마을로
이 집 담장에서 저 집 지붕으로 내달린다
허공 가득히 펄럭이는 은빛 치맛자락

지친 남정네들이 저마다의 잠 속으로 기어들 때
꼬리 아홉 달린 여우는 그들 꿈속에서

눈부시게 흰 속살을 드러낸다
침을 흘리는 남정네들의 얼굴을 살그머니 물고서
아내는 헤아릴 수 없는 산굽이를 돌고 돌아 달린다

달 없는 밤을 지나
얼굴 없는 남정네들이 무거운 몸을 일으키는 아침
내 곁엔 변함없이 아내가 잠들어 있고
살그머니 그녀의 치마폭을 들추면
일제히 굴러 떨어지는 지난밤의 얼굴들

저수지의 개들

비 내리는 밤
저수지 밑에서 개들이 짖는다
흙탕물 위로 부글부글 끓어오르는 울음소리

긴 혀를 늘어뜨리고
두 눈에 푸른 불을 켠 개들이
발톱으로 서로의 목줄기를 찢으며 짖어댄다

짖어댄다 소용돌이치는 저수지 밑
진흙탕을 달리며
일찍이 지상에서 쓸려 나가
저 어두운 물속에 갇힌 온갖 소리들이

물결과 물결 사이
허연 잇자국을 드러내며 거품을 뿜어댄다
물에 불은 주검들이 둥둥 떠다니는 수면 위
부우연 숲 그림자를 흔들며 번져가는 울음소리

밧줄을 내려주어도 저들은 올라오지 못한다
오직 짙은 어둠에 몸을 숨기고 짖어댈 뿐
일렁이는 수초 사이에서 뒤엉켜 싸우면서
저들은 밤새 금 간 제방을 물어뜯는다

우리가 버린 말
우리가 욕하고 더럽히고 깨트린 말들이
폭풍우 치는 밤
저렇게 어두운 물 밑에서 하염없이 짖어대고 있다

새벽 세 시의 사자 한 마리

지금
목마른 사자 한 마리 내 방 문 앞에 와 있다

어둠에 잠긴 사방
시계 똑딱거리는 소리
잠자리에 누운 내 심장에 와 부딪치고
창 가득히 밀려온 밤하늘엔 별 하나 없다

아득히 먼 사막의 길을 걸어 사자 한 마리
내 방 문 앞까지 왔다
내 가슴의 샘에 머리를 처박고
긴 밤 물을 마시기 위해

짧은 잠에서 깨어나 문득 눈을 뜬 깊은 밤
돌아보면 아무도 없는 허허벌판의 텅 빈 방
불어오는 바람에 흩날리는 사자의 갈기가
내 얼굴을 간지럽힌다

타오르는 사자의 커다란 눈이 내 눈에 가득 차고
사나운 사자의 앞발이 내 목줄기를 짓누를 때
천둥처럼 전신에 와 부딪는
시계 똑딱거리는 소리

문을 열고 나가보면 어두운 복도 저편
막 사라지는 사자의 꼬리가 보인다

겨울잠

반달곰 한 마리
가슴에 반달을 안고 항아리 속으로 들어간다
항아리 속에서 올려다본 하늘엔
반달이 떠 있고

적적한 사방
바람이 쓸고 가는 소리에 웅웅대는 항아리
반달곰이 숨을 들이쉬고 내쉴 적마다
달은 찼다가 이지러지고

눈은 내려 숲과 들을 하얗게 뒤덮는다
겨울이 깊어갈수록 반달곰의 꿈도 깊어가고
눈밭 한가운데 놓인 항아리는
더욱 무겁게 가라앉는다

어둔 밤 달에서 녹아내린 고드름 한 방울
항아리 속으로 떨어져 내리면
겨울잠을 자던 작은 곰은

부스스 일어난다

잠시
머리에 맺힌 달빛을 쓸어보는
반달곰 한 마리

아주 먼 곳에서 아주 먼 곳으로 불어가는
바람 소리에 잠시 귀 기울이다
항아리 바깥으로 머리를 내밀고
세상을 엿보기 시작한다

먼 산 먼 길

어린 시절 텅 빈 마루에서 홀로 잠이 들면
호랑이 한 마리 산에서 내려와 나를 물고 갔다 한다
고요한 한낮 지나 서서히 해가 저물녘
깊은 잠에서 깨어나 사방을 두리번거리면
호랭이한테 물려 갔다 돌아온 게지
식구들은 웃으며 말하곤 했다

내가 잠이 든 다음
살그머니 수풀을 헤치고 내려온 호랑이 한 마리
시내를 건너고 신작로를 가로지르고
비좁은 골목을 돌고 돌아 살짝 열린 대문을 지나
햇살 눈부신 저편 마루에서 곤히 자고 있는 나를
저으기 바라다본 것일까

뜨거운 호랑이 아가리에 물린 채
몇 개의 산과 들을 뛰어넘는 동안에도
나의 깊은 잠은 끝없고
오직 지나가는 바람만이 귓가에 윙윙거릴 뿐

제 집 동굴에서도 여전히 잠만 자는 나를
호랑이는 이리 굴려보고 저리 굴려보고
혀로 핥아도 보았다가
너무 심심한 나머지 다시 돌려주기로 한 것일까

호랑이 입에 물려
집으로 오는 동안
화르르 져 내리는 꽃잎 속에 아슴아슴 먼 길이 떠오
르고
마악 대문을 열고 마실 나서는 어머니가
에구머니나 놀라 외치는 소리에 옜다 내던지고
호랑이는 다시 먼 산으로 가버린 것일까

지금도 잠이 들면
나를 데려가기 위해 다가오는 호랑이의 나직한
발소리가 들린다 내 귓가를 맴도는 더운 숨결 내 몸
에 와 닿는

타는 눈빛 내 잠 속에서 한껏 아가리를 벌리고
단숨에 나를 삼켜버리는
저 호랑이

종일토록

꽃게 한 마리
거품을 물고 꽃그늘 속으로 기어간다
꽃게 거품에 반짝이는 아침 바다
꽃게가 피워내는 꽃들이 바다를 덮는다
툭, 꽃 모가지가 떨어지고
투둑, 꽃게 다리가 부러진다
져 내리는 꽃잎 속에 꽃게 거품이 떠오르고
허공에 뜬 거품마다 반짝이는 아침 바다
꽃게 한 마리 바다를 물고
꽃그늘 속에서 기어나온다
한 세월 아득한 꽃 소식 기다리며
갯벌을 건너가는 꽃게 한 마리

열대야

1

연립주택 뒤 베란다에
악어떼가 살고 있다
어머니가 가져다 놓은 항아리
그 속에 숨어서 은밀히
우리를 엿보며 익어가고 있다

뚜껑을 열면
커다랗게 입을 벌리고
한입에 우리를 집어삼킬 악어떼가
간장 위를 둥둥 떠다니며
짜디짠 열대 바다를 꿈꾸고 있다

2

수도관을 타고

연립주택 천장으로 벽으로 쓸려 나오는 악어떼
변기에서 욕조에서 장롱 서랍에서 쏟아지는 악어떼
이불을 들추면 싱긋 웃고 있는 악어떼
잠자는 우리 머리맡을 기어다니며
악어떼가 노래 부른다
커다란 입을 길게 찢으며 악어떼가
밤새도록 웅웅거린다

깊어질수록 끓어오르는
열대야를 헤집고 이 밤
악어떼가 행진한다

3

내 살을 뜯어먹고
냉장고 속을 노략질하고
거실에서 늘어지게 잠을 자다가

진공청소기에 빨려 들어갔다가
구겨진 신문 상단에 웃고 있는 정치가의
입을 통해 기어나오는

저 시커먼 악어떼

흐릿한 눈으로 나를 굽어보며
이제 잠들 시간이라고
마음 놓고 꿈에 빠져들라고 속삭이는

악어떼악어떼악어떼

잠 못 이루는 밤
연립주택 베란다 유리창마다
불길이 치솟아오른다 타오르는 악어떼
그림자가 넘실거린다

저 석양

1

저녁
내 몸은 푸른 허기로 가득 찬다
바람의 비린내가 맡아지고
손가락 뼈마디에 와 걸리는 녹슨 석양빛이 만져지는
때
　오래된 마당 구석 낡은 우물이 들어와 마음 한 켠을
차지한다

내 안에 기숙하던 아픔이 이리도 많아
오늘 이 저녁 만나는 모든 것들이
어두운 입을 벌리고 내 갈 길을 묻는다

2

한때 내 속에 살던 노래는

어디론가 다 사라져버리고
나는 텅 빈 우물로 고요하다
푸른 물이 그립다고 간혹 되뇌어보지만
이제 누가 내 속에
제 얼굴을 비춰볼 것인가

춥고 어두운 내 몸속에
간혹 길 잃은 짐승이 빠져 한 줌 뼈로 변한다
내가 길들일 수 없는 길들이
저 먼 세상 어디론가 소리 없이 풀려나가고
길의 끝
마른번개 한줄기 달려가다 멈추는 곳

푸른 허기에 감싸인 채
나는 우물을 굽어본다
지팡이가 돌계단을 치는 소리 들리다 그치고
조금씩 물이 차오르기 시작한다

3

아주 멀리서
다가오는 빛
날개 달린 짐승들이 일제히 깃을 터는
저녁의 우물 깊숙이
내려오는 빛
손에 받아
고개 숙이고 마셔보는 한 모금의 빛
아무 맛도 없이
내 몸을 푸르게 물들였다 사라지는

계단 오르기

1

계단을 오른다
밟을 때마다 삐걱이는 계단의 관절
한 걸음 다시 한 걸음 내딛을 때마다
내 발은 어느덧 계단 속으로 푹푹 빠져들고
계단 곳곳에 진을 치고 있는 늪지대 저 아래
악어들이 느릿느릿 몸을 일으킨다

2

계단이 입을 벌린다
꼬리를 휘저으며 계단을 오르내리는 악어들
계단 모서리에 가만히 웅크리고 있다가 불현듯
지나가는 사람의 발뒤꿈치를 물어뜯는 악어들
저들이 어디서 오는지 아무도 모른다
다 올랐다고 생각하는 순간 일제히 출렁이며

내 몸 위로 쏟아져 내리는 악어들

3

계단이 일어선다 일어서서 검은 입을 치켜들고
나를 삼킨다 와르르 굴러 떨어지는 악어들
사나운 입에 물린 채 나는
계단 저 아래로 처박힌다

올려다보면 어느새
다시 근엄하게 펼쳐진 굳건한 계단들
악어들이 꼬리를 감춘 계단에
불안스런 정적이 감돌고 있다

들소떼와 춤을

1

어머니가 재봉틀을 돌리신다
소란스럽게 흔들리는 벽과 창문 흩날리는 빛살들
귀먹은 어머니의 재봉틀에서 들소떼가 쏟아져 나와
마루를 가로지른다
일제히 삐걱이는 마룻바닥을 딛고 사방에 쿵쿵 몸을
부딪치는 들소떼
선반 위에 얹혀진 가난한 살림이
금방이라도 쏟아져 내릴 듯 흔들린다

2

들소떼가 우리 집 낡은 지붕을 밟고 지나간다
성난 들소떼가 비스듬히 기운 우리 집 담벼락을 마
저 무너뜨리며
골목을 지나 신작로로 달려나간다

뿔을 치켜들고 일시에 비좁은 우리 집을 빠져나간
들소떼가
　우우우 지평선으로 가라앉는 둥근 해를 향해 몰려간다
　모래 들판 너머
　구름처럼 일어나는 먼지 속에 문득 떠오르는 푸른
목초지

　　　3

　어머니가 재봉틀을 돌리신다
　일당 몇 푼 쌓여가는 옷감에 하루해를 넘긴다
　재봉틀 소리 가득한 집 안은 들소들이 내뿜는 거친
숨결로
　달아오르고 식당 세탁소 문구점 목욕탕 편의점
　모두 문 닫은 텅 빈 거리
　전단지 달라붙은 전봇대 밑을 지나
　식식대며 어디론가 무작정 내달리는 들소떼

재봉틀이 들들거리며 평원을 달려나간다

　　4

사냥꾼도 원주민 전사도 다 사라진
도시의 황혼을 들소떼가 내달린다
가로수를 들이받으며 상점 진열장을 부수며
무릎을 꺾고 지쳐 쓰러진 들소들 위로 다시 들소들
이 뿔을 세우고 내달린다
걷어찰 돌멩이도 건너갈 강도 없는 막막한 길 저편
에서
어머니 홀로 재봉틀을 돌리고 있다

　　5

달리는 길의 끝

낭떠러지 밑으로 들소들이 떨어져 내리고 있다

하루의 노동을 마친 시름겨운 어머니 한숨 속으로
들소떼가 꺼져 들어간다

버섯들

우기 지나
민달팽이 기어가는 연립주택 계단과 벽면에
축축하게 돋아나는 버섯들

은밀히 어둠을 밀어올리고
지난밤 꾸다 만 악몽처럼 소리 없이 부풀어 오르며
작은 틈새로 이마를 내미는

버섯들
벗지 못한 몸들이 뒤척이며 돌아누울 때
땅 위로 한 움큼
식인종의 머리처럼 솟아나는

저들이 좁은 땅을 먹어치우며
집 안으로 쳐들어온다 바닥에서 천장까지
여기저기 종기를 퍼트리고
축축한 진물을 흘리며

버섯이
거대한 버섯이
뭉게구름처럼 피어오른다

지하철이 굉음을 울리고 지나간 다음의
텅 빈 적막 속
버려진 연립주택 단지 위 하늘로
자욱하게 번져가는 버섯들

소음

나도 모르게
벌집을 건드렸나 보다
붕붕거리며 날아오른 벌들이 사방에서 나를 에워싼다

발을 딛어서는 안 될
금지된 영지를 침범한 것일까
늙은 떡갈나무 아래를 지나다 무심코
머리 위로 손을 뻗치는 순간
먹구름처럼 모여드는 벌 소리와 함께
하늘과 땅이 빙글빙글 돌기 시작한다

수많은 말들이 거침없이 나를 찔러대며
어서 무릎 꿇으라고 잘못했다고 빌라고 다그친다
퉁퉁 부어오르는 살 위에 다시 침을 박는다

개울을 건너 풀숲을 헤치고
아무리 멀리 달아나봐야 소용없다
내가 건드리기도 전에 한 모금 꿀을 맛보기도 전에

벌들이 달려와 나를 쏘아댄다

아픔이 환희처럼 온몸에 번져갈 때
꽃가루를 모으던 닫힌 입 안에 갇혀 있던 말들이
쉴 새 없이 붕붕거리며 어서 쏴버려
쏘아버리라고 말한다

벌들에게 쏘이며
나 또한 입가에 힘을 모으고
최후로 마지막 침을 날린다 이제 막 떠오르는 해를
등지고
나를 향해 달려드는 저 거대한 말벌을 향해

벌이야
벌이라니까

어부의 꿈

호리병 속에 갇힌 마인은
말이 없다 잔잔한 바다 양탄자처럼 펼쳐진 하늘
그물을 끌어올린 어부는 잠시
뱃전에서 숨을 몰아쉰다

모든 예언은 거짓이거나 농담이다
태양 아래 새로운 것은 오직 태양뿐
눈부신 빛살에 떠밀린 파도는 묵묵히 밀려왔다 밀려
가고
전설을 가늠하듯 어부는 호리병을 치켜든다

어떤 마법이 그를 다른 해안에 데려다줄까
모든 소원이 헛되이 져 내린 뒤
호리병에 담긴 마지막 한 방울 술까지 다 마신 다음
어부는 적막한 해변 낡은 오두막집에
홀로 쓰러져 잠든다

깊고 어두운 꿈속

호리병을 열자
검은 연기와 함께
마인이 솟아오른다, 솟아올라
이제 네 소원을 들어주마 말한다

제발 이 삶 바깥으로 나를 데려가줘
내가 꾸는 꿈이 더 이상 나를 속이지 않는 곳으로
꿈속의 호리병이 내게 소원 따윌
명령하지 않는 그곳으로

아득한 바다
양탄자처럼 펼쳐진 하늘 아래
호리병은 사라지고
어부 홀로 텅 빈 그물을 들여다보고 있다

봄의 幻

봄이 오고 있다
몸속의 얼음이 녹아 조금씩 밖으로 스며 나오고 있다
나는 먼 나라에 있는 친구에게 편지를 부치고
혼잡한 거리를 걷는다
한 걸음 걸을 때마다 몸속의 추가 미묘하게 흔들리고
저울이 기울어진다
땅엔 구름을 끌어당기는 자석이 있어
빗방울을 내리게 하는 걸까
새 한 마리 날아가는 모습에도
나는 텅 빈다
대기 속을 떠도는 햇살의 씨앗에 얼굴을 부비며
나를 끌어당기는 천상의 자석을 떠올린다
길가의 상점 유리창마다
하나씩 나를 남겨두고 나는 걷는다
잔잔한 바람에도 몸 전체로 번져가는 잎파랑
눈을 감고 한 세기가 저물기를 기다리지만
내 몸은 어느덧 투명한 물이 되어 흐르고
자전거를 탄 아이가 길게 경적을 울리며 지나간다

봄이 와서 머무는 자리
몸속의 저울이 간신히 평형을 회복한다

도서관 유령

모니터를 보던 경비원도 잠이 들었다
깊은 밤 인적 끊긴 도서관

비스듬히 채광창으로 스며든 달빛이
열람실 바닥에 두텁게 쌓인 먼지를 쓸고 지나갈 때
서가에 꽂힌 책들이 하나 둘 날개를 펴고
허공 속으로 날아오른다

들어봐, 사각사각 종이 씹는 소리
도서관 유령들이 차례로 책을 먹어치우는 소리야
서가와 서가 사이를 너울대며 천장에서 벽으로
문에서 기둥으로 미끄러져 내리며
텅 빈 낭하 저편 울려 퍼지는 목쉰 소리

이 책은 너무 맛이 없어 하지만
저 구절은 먹을 만하군 이 대목은 베낀 게 틀림없어
쉴 새 없이 투덜거리다가 때로 입맛도 다시며
밤새도록 다다를 수 없는 한 문장을 찾아

서가를 뒤지고 다니는 도서관 유령들

숱한 사람들이 남긴 숱한 흔적이 서서히
구겨지고 버려지고 바스라진다 가루가 된 말들이
사방에 먼지로 쌓인다

유령의 손아귀에서
누렇게 말라가는 종이들 벌어진 입가로 흘러내리는
채 삼키지 못한 단어들

보라, 모두 잠든 사이 어둠에 잠긴
도서관을 날아다니며 책들을 망각의 늪으로 불러들
이는
도서관 유령이 있다
오늘도 분주하게
그 누군가 놓친 단 하나의 진실을 애써 찾기 위해
눈 부릅뜨고 책장을 넘기는 저 무서운 포식가들

전갈에 물리다

책을 펼치면
보인다, 지난밤 나를 물고 사라진 전갈이 기어간
자국

사막을 가로질러 지평선까지
무수한 문장이 이동한다 낙타 등에 실려
전갈에 물린 내 발뒤꿈치에서 쉴 새 없이 피가 흘러
내리고
온몸에 독이 퍼진 채 나는 죽어간다

낙타 등에서 미끄러져 내리면 끝장이다
곧 회오리바람이 그치고 무시무시한 정적이 찾아올
것이다
차가운 별빛이 이마를 적실 것이다

흰 구름이 떠가는 하늘에 책이 펼쳐진다
전갈이 내 몸속을 빠져나간다
낙타 등에 엎드린 채 혼곤한 내가 책에서 실려 나온다

눈먼 탁발승 하나
문간에서 목탁을 두드리고 있다

제2부

낮잠

헌책방 으슥한 서가 한구석
아주 오래된 책 한 권을 꺼내 들춰본다
먼지에 절고 세월에 닳은 책장을 넘기니
낯익은 글이 눈에 들어온다
아, 전생에 내가 썼던 글들 아닌가
전생에서 전생의 전생으로 글은 굽이쳐 흐르고
나는 현생의 한 끄트머리를 간신히 붙잡고 있다
한 세월 한세상 삭아가는 책에 얼굴을 박고
알 수 없는 나라의 산과 들을 헤매다 고개를 드니
낡은 선풍기 아래 졸고 있던 주인이 부스스 눈을 뜨고
이제 문 닫을 시간이라 말한다

인생은 짧고 낮잠은 길다

으슥한 서가 한구석 아무도 모르는 장소에 책을 꽂고
조용히 돌아서 나온다

오래된 정원

얼마나 먼 길을 걸어 빗소리는
내 곁에 찾아온 것인지
깊은 밤 잠 깨어 내 머리맡 적시는 빗소리를 듣는다
비를 맞지 않아도 이미 빗소리만으로 나는 축축히
젖어
잠자리 위를 아득히 떠내려가고
연못가 흰옷 입은 여인들 버드나무 아래 울고 있다
그 울음 다 그치기 전 이 비는 또 누구를 깨우기 위해
먼 길 떠나는 것인지
가고 또 가버려도 빗소리는 남아서 내 머리맡을 적
시고 있다
울음을 그친 여인들 다 돌아간 연못가
무심히 쏟아져 내리는 비의 방울들
문살 그림자 어른거리는 내 잠자리까지 튀어오고
돌아눕는 내 등뼈를 타고 흐르는 차고 맑은 슬픔
채찍처럼 온몸을 휘감아 오르는 버드나무 잎의 생생
한 빛깔을 꿈꾸며
나는 긴 밤 빗소리를 견디고 있다

조등

장례식장에 걸린 조등 하나
바람도 없는데 잠시 흔들리다 멈춘다

죽은 이의 입김이 스쳐 지나간 걸까
죽은 이의 눈빛이 머물다 간 걸까

산 사람들만이 부산히 오가는 장례식장 입구
아무도 지켜보지 않는 조등 하나

누군가에게 전할 말이 생각난 듯
잠시 흔들리다 멈춘다

달의 물

목마른 아이는
밤하늘 달을 보며 물 한 모금 내려달라 했네

둥근 달 가장자리에 맺혀 있는
둥근 물방울
밤하늘 환히 밝히며
지금 막 떨어져 내린 둥근 물방울

가쁜 숨 몰아쉬며 올라온 언덕 위
빛나는 달의 물 한 방울이
아이의 뺨 위로 부어져 내릴 때
아이는 눈을 감고 입을 벌렸네

스스스 멀리서 풀벌레 울고
어디선가 들려오는 어머니 부르는 소리

애, 너 거기서 뭐 하고 있니
응, 달이 너무 밝아

누가 달에서 우물물을 퍼내고 있나 봐

소금별에서의 일박

저 하늘 멀리 어딘가에 떠 있다는
소금별 하나

소금으로 이루어진 산
소금으로 이루어진 시내
소금꽃 활짝 피우고 선 나무들

만지면 부서지고
혀를 대면 벌처럼 쏘는
소금별에서의 일박은
새하얀 소금 지옥

우주선을 타고 그 별로 간 사람들은
죽어서 소금 무덤을 남기고
깊은 밤 잠 깨어 나가보면
소금별에서 부스러져 내린 가루가 허공에 흩날린다

아, 전신을 휘감는 짜디짠 바람

어느덧 내가 발 딛고 선 이 혹성도 소금 덩어리가
되어간다

베니스에서 죽다

서른여섯을 넘긴 다음부터
거울 앞에 서지 않는다 거울에 비친 내가
내게 무슨 말을 할지 모르기 때문이다
혹은 내가 거울에 비친 내게 무슨 말을
할지 모르기 때문이다

자명종 소리를 들으며 하루는 시작되고
만원 지하철의 졸음과 함께 하루는 끝난다
장례식과 결혼식 사이 잠시 나이 든 부모의
생일잔치가 있고 잊혀진 여인에게서
전화가 오기도 하지만

누구나 하고 싶은 일만 하며
죽기를 기다릴 수는 없는 일 푸른
정맥을 드러낸 하늘에 주사를 놓고 싶은 날이면
흑사병이 도는 폐허의 도시를 꿈꾸고
거기 바닷가에서 나른한 햇살에 취해
홀로 죽는 꿈을 꾸고

서른여섯을 넘긴 다음부터
매일 아침 매일 저녁 나는 거울 앞에 선다
거울 속의 내가 내게 무슨 말을 묻기 전에
거울 앞에서 멍하니 거울 속의 나를 바라보는 나에게
지나온 나날의 죄과를 하나하나 고백한다

서른여섯 거울 속의 나는 죽고
텅 빈 거울 속에 더 이상 나는 비치지 않고
거울 속 어두운 물 저편으로 흘러가
나는 흑사병이 도는 폐허의 도시에 도착한다

푸른 정맥을 드러낸 하늘 눈부신 햇살 아래
나직하게 파도 구르는 소리 들으며
서른여섯 불현듯 죽음처럼 찾아온 졸음에 잠겨들면
모래밭의 한 아이가 손을 들어 가리키는 수평선 저편
가물가물 멀어져가는 작은 기선 한 척

문밖에서

나는 아주 낡고 더러운 소문의 도시에 살았다
장마가 지나가면 태풍이 다가왔고
잠시의 맑은 날 끝엔 눈사태가 기다리고 있었다
즐비한 술집 앞엔 가끔 얼어 죽은 시체가 발견되곤
했다

이 도시의 주민들은 일 년 내내 기침을 해댔고
검은 안개 속을 허우적거리듯 걸어다녔다
신문과 전파는 무심히 붐비는 사람 틈새로 빠져나갔고
거리의 검투사들은 찌르고 찔리며 환호 속에 죽어
갔다

변방에서 들려오는 소식은 여전히 지루한 것들뿐
전쟁도 아니고 휴전도 아닌 막막한 세월을
유행 따라 머리 길이를 조절하며 사람들은 살아갔다
지급된 구두가 다 떨어져 나가는 순간까지

나는 아주 낡고 더러운 소문의 도시에 살았다

누추한 그림자를 끌고서 혀 밑에 쌓인 소금과 재를
맛보며
오래된 동상들이 늘어서 있는
황량한 광장을 가로질러 걸었다

이미 내 삶은 유적지를 적시는 메마른 빗방울이었고
아무도 내게 손 내밀지 않았으므로
길 잃은 소녀의 울음도 장님의 호각 소리도
내 깊은 적막을 깨뜨리지 못했다

나는 아주 먼 곳에서 온 자객처럼
하나씩 증발해버리는 소문의 도시에 살았다
아침이면 사나운 새들이 유리창을 부수고 날아들었고
저녁이면 어두운 카페에서 낯선 이국 가수의 목소
리가
부우연 담배 연기 속으로 사라지는 것을 지켜보았다

이 밤

도시의 하늘을 가로질러 공습경보는 울려 퍼지고
추적자는 문을 두드리는데
방주는 아직 도착하지 않았다

환절기

1

항아리 속에서 간장이 익어가고 있다
시체 썩는 물이 은밀히 고여 출렁이고 있다

2

둥근 무덤마다
항아리가 하나씩 놓여 있다

둥근 항아리마다
삭은 몸뚱어리들이 들어앉아
한 시절
냄새를 피우고 있다

둥근 무덤 속 둥근 항아리를 열고
달이 들어간다

담장을 넘어 울려 퍼지는 너털웃음 소리

3

달이 익어가는 동안
항아리 속 간장도 따라 끓어오른다
부글거리며
항아리 바깥으로 넘쳐나는
검은 욕망

간장 달이는 냄새가
마을을 한 바퀴 휘감고 돌 때
죽은 자가 내쉰 마지막 숨이 굴뚝을 빠져나간다

4

항아리가 부서진다
부서지며
그 속에 숨겨진 시체들이 쏟아져 나온다

손을 움켜쥐고
핏발 선 눈으로 허공을 노려보며
하나 둘 땅에 닿자마자 검은 물이 되어 흐르는 시체들

5

부서진 항아리 조각들이 널려 있는 마당 위
바람 속에 가득 찬 시체 썩는 냄새

우물 이야기

저녁이 되면
그 우물은 우우 낮게 울음소리를 내곤 했다
자욱한 안개가 들판을 지나 우리 집 마당으로 스며
들 때
집 뒤안에 버려진 마른 우물 속에서
느릿느릿 풀려나오던 어둠

아무도 그 울음소리를 듣지 못한 듯
저녁 밥상에 모인 식구들은 부지런히 숟가락질만
할 뿐
어둠이 짙어질수록
우물이 내는 울음소리는 더 깊어지고

근심 어린 얼굴빛으로 등불 아래 모여
식구들은 짐짓 먼 바다를 떠도는 새 얘기에 정신을
쏟곤 했다
흙으로 메워버린 그 우물 속에 어떤
잠들지 못한 넋이 있어 저녁마다 그토록 울음 우는

것인지

문풍지 떠는 소리와 함께 꿈속으로 잦아들면
멀리 불빛 깜박이는 안개 속 마을이 보였다
가까이 다가갈수록 점점 짙어지는 안개 속에
여기저기 뒹구는 시체들 사람들은 차례로
우물 속에 몸을 던지고 서서히 집과 숲은
어둠 속에 묻혀갔다

저녁이 되어도
이제 아무 소리도 내지 않는 우물 옆에 서서
나는 안개가 몰려오는 먼 들판을 바라본다
한 손에 낫을 들고 어디론가 달려가는 사내들
목을 매고 나무에 매달려 흔들리는 여인들

이 밤
내 꿈속의 우물은 피로 물들 것이다

번개 치는 밤의 기록

번개 속에서
전기톱을 든 살인마들이 뛰쳐나온다

시커먼 구름을 베어 넘어뜨리고
유리창에 일렁이는 나무 그림자를 쓰러뜨리고
성큼 방 안으로 달려드는 살인마들

환한 빛 저편에 얼굴을 숨긴 채
그들은 전기톱으로 내 악몽의 밑둥을 사정없이 잘라
낸다

빛이,
사나운 빛이 들이닥친다
아무리 눈을 감아도
눈부신 톱날이 내 이마를 빠개고 들어온다

토막 나는 사지
튀어 오르는 핏방울

눈알이 방 안을 뒹구는 동안
천둥은 연약한 우리 집 지붕을 망치질하고
소나기 소리와 더불어 그들은 날뛴다

전기톱이 번쩍이며 벽과 마룻바닥을 긁어댈 때마다
집은 흔들린다
번개가 내 몸통을 가르고 다시 한 번 지나가고

도주하는 먹장구름 너머
사악한 전기톱이 대기하고 있다
지상으로 뛰어내려 마음껏 살육을 펼칠 순간을 기다리며
지루한 나날 빗물을 말리며 견디고 있다

일식

오래 묵은 사철나무 아래 서서
사철나무 무수한 잎사귀와 꽃송이를 들락거리는 벌
떼를 본다
푸른 잎 흰 꽃들 사이 빛나는 햇살을 문 벌들이 잉
잉대며
꽃 시절을 구가하고 있다

어디서 저토록 많은 벌들이 날아와
번쩍이는 무기를 치켜들고 이 제단을 지키는 걸까
잉잉대는 벌들이 내 피 속에서 꿀을 끌어당기는 소
리가 들린다
내 귀에 가득 찬 저 벌들의 황홀한 합주

오래 묵은 사철나무 밑둥에서 가닥져 나간 줄기들
틈새로
뜨거운 말씀이 저마다 잉잉대며 꽃송이로 피어나고
있다
뜨거워 너무 뜨거워 삼킬 수 없는 말씀이

내 피에 쟁쟁거리며 불을 일구고 있다

무더운 여름 한낮
산사 한구석에 자리한 사철나무 아래서 먼 하늘을
본다
잉잉대는 소리와 함께 일제히 허공으로 날아오른 벌
들이 둥글게
태양을 먹어 들어간다 먹어 들어가며 사방에
꿀을 터뜨린다
일순 캄캄해지는 사방

우레처럼 내 귀에 가득 차는
여름 한낮의 고요

그가 보고 있다

깊은 밤
내 머리 속 어두운 호수의 수면 위로
떠오르는 얼굴이 있다 나무 그림자 무겁게 드리운
깊은 물 위로 서서히

둥글게 퍼져 나가는 물결 한가운데
얼굴은 솟아올라 밤의 물보다 깊은 눈으로
나를 응시한다

구름에 가려진 달이 던지는 흐린 빛 아래
숱한 세월을 건너 나와 생을 같이한 그가
나를 향해
알아들을 수 없는 말을 웅얼거린다

이마에서 관자놀이를 타고 흘러내리는 물방울
차가운 입김이 안개처럼 그를 둘러싸고
밤의 물은
그의 말을 받아 물비늘을 번득이기 시작한다

문득 구름을 헤치고 떠오른 달이 그 얼굴을 비추면
흐린 이마의 그는
물속으로 다시 잠겨 들어간다 무서운 눈빛만
내 머리 속 허공에 서늘하게 그어둔 채

오늘도 무사히

하루 종일
해는 하늘 위에서 끓고
내 안에선 불에 탄 눈먼 아이의 고함 소리가 울려
퍼진다
조용한 사무실 유리창으로 스며든 햇살이
노트북 자판에 은빛 파편으로 튈 때

내 안에서 울려 퍼지는 고함 소리는
내 안에서 연기를 내며 척추 기둥을 휩싸고 돌고
머리 속에 그을음으로 번진다 내가 꾸역꾸역 삼킨
하루 한낮의 이 막막한 적요

하지만 너무도 평온한 나는
서류를 정리하고 동료와 잡담을 나누고
내 속에서 계속되는 고함 소리를 한사코
눌러 죽인다 불에 탄 눈먼 아이가 소리 지르며
내 안을 물어뜯고 할퀴는 동안
오늘도 무사히 저무는 하루

하루 종일 해는 내 안에서 끓고
거리는 불에 탄 눈먼 아이의 고함 소리로 가득하다
맨발로 뜨거운 모래 위를 걷는
아이들이 울며 아우성치며 거리를 누빌 때
멀리 도시 끝에서 다급히 다가오는
불자동차 소리

끌려가는 아이들의 목쉰 고함 소리와 함께
나는 어둠에 잠긴 집으로 돌아온다 오늘도 무사히
저문 하루를 애도하며
편안히 잠자리에 든다

오후 세 시의 예감

오늘도 우편배달부는 우리 집을 그냥 지나쳐 간다
멀어지는 자전거 바퀴에서 일어나는 부연 먼지들

유리창에서 바라본 하늘엔
뭉게뭉게 매미 소리 따라 피어나는 구름송이뿐

저 구름 하늘의 길을 따라 가고 또 가고 나면
늙고 지친 구름만 남아 오늘 밤 우리 집 지붕을 지
키겠지

라디오는 지금 먼 바다에서 밀려오는 폭풍 소식을
전하지만
길가 전선 위 참새들은 마냥 즐겁기만 하다

내 귓속의 석회동굴에 매미 소리가 가득 찬다
유리창을 넘어 내 두 눈동자 속으로 밀려드는 구름

우편배달부가 돌아와 현관 틈 사이로 뭔가를 밀어넣

는다
　온 집 안에 번져가는 죽음의 냄새

　라디오 소리가 끊기고
　굴러가던 자전거 바퀴가 멈춘다

　집이 서서히 기울어진다
　폭풍 한가운데 뭉게구름만이 한가롭게 피어오르고
있다

어머니

그날 밤 꿈에서 만난 그 길은
나를 아주 먼 바람 부는 사막으로 데리고 갔다
그 길에 실려 내가 걸어갈 때마다
길가의 집들은 다 허물어져 내리고
돌기둥 몇 개 노을에 물든 하늘을 간신히 떠받치고
있었다
방울뱀과 선인장이 사는 그 사막의 입구에서
나와 더불어 온 그 길은 조용히 숨을 거두고
내 발밑엔 뜨거운 모래밭이 가없이 펼쳐져 있었다
모래 바람이 불어 쉴 새 없이 모래언덕을 만들었다
지우는
그곳에서
나는 모래를 씹으며 이건 소금이야 푸른 소금이야
되뇌이고 있었다
길 없는 사막을 한없이 걸어 나는
어느 허물어진 마른 우물 앞에 이르렀다
삐걱이는 도르래를 타고 우물 속으로 내려가 웅크
리자

누군가 저 위에서 모래를 쏟아붓기 시작했다
내가 모래에 파묻혀갈수록
허공 어디선가 삽질하는 소리가 들렸고
점점 모래가 내 키를 덮고 하늘을 가릴 즈음
나는 소금이 왜 짜지 않을까 생각하고 있었다
모래알들이 내 몸속을 굴러다니며
저희들끼리 노는 동안 나는 모래 속에 편히 파묻혀
나를 데려다준 길을 떠올렸다 그 길은
다시 온 길을 되돌아가 어느 누구의 꿈을 찾아갔을까
그가 다시 이 사막으로 데리고 올 이는 누구일까
하며 잠자는 동안 누군가 저 모래 위에서 흐느끼는
소리가 들렸다

모래를 헤치고 나오자
둥근 달 아래 그녀가 울고 있었다

나는 흑색 소설만을 읽는다

나는 흑색 소설만을 읽는다
시체들이 쏟아져 나오고 피가 솟구치는
어두컴컴한 페이지를 넘기며
나는 막다른 골목을 헤맨다

잔인하게 죽어가는 자의 외마디 외에
이 지상에서 더 들을 말이 뭐가 있는가
흑색 소설에서 모든 것은 해결된다
사람은 태어나 꿈틀대다 덧없이 죽어가는 것
흑색 소설을 읽으며 오늘도 나는 확인한다
모든 길 끝엔 파헤쳐진 무덤이 기다리고 있다는 것

사방에서 권총이 불을 뿜고
어두운 술집에서 더러운 화장실에서
으슥한 뒷마당 주차장 지하실에서
사내들은 차례로 쓰러진다 적막한
거리 저편 울려 퍼지는 불자동차 소리

내 인생에 더 이상 반전은 없다
모자를 깊숙이 내려 쓰고 코트 깃을 올린 채
온갖 범죄와 유혹이 들끓는 거리를 초연히 지나간다
마약에 절은 사내가 칼에 찔려 내 발밑에 쓰러지고
부유한 미망인이 은밀한 미소를 건네오는 밤

나는 흑색 소설만을 읽는다
안락의자에 기대어 가장 편안한 자세로
불현듯 찾아올 종말을 기다린다

생은 다른 곳에

잠이 들면 붉은 바다를 만난다
물방울을 튕기며 저 멀리서 내게 달려드는 파도
붉은 물을 게우며 나를 끌어당기는 붉은 바다

핏빛 물결 위로 떠다니는 내 얼굴
아무도 없는 텅 빈 해변에서 붉은 바다를 바라보면
쇠사슬 끄는 소리와 함께 붉은 달이 떠오르고
어디선가 개가 짖기 시작한다

내 가슴의 오래된 상처에서 피가 흘러내리고
수도승처럼 묵묵히 걷는 내 발목에 추억처럼 휘감기
는 해파리들
서서히 허리가 잠기고 목이 잠기고
붉은 바다 깊은 속으로 한없이 걸어 들어가
내가 흘린 피 그 아래 눕는다

붉게 번들거리는 수면 위로 달이 흐린 빛을 던지는 밤
붉은 바다를 가르고 자욱하게 불어오는 모래 바람

염전처럼 말라붙은 몸 위로 파도가 친다
우물보다 깊고 어두운 붉은 바다 그 밑에서
나는 깨어난다

변두리 여인숙 더러운 이부자리 위에 버려진
익사체 한 구, 붉은 물을 게우며
간신히 일어나 앉는다

바람의 노래를 들어라

그 시절 밤이면 죽은 여인이 찾아와
내게 안아달라 말했네

두 팔을 벌려 껴안으면 죽은 여인은 눈 크게 뜨고
이제 아름다운 노래를 불러달라고 했네

자거라, 푹 자거라 낮은 음정으로 노래 부르면
죽은 여인은 내 품에 안겨 새근새근 잠이 들었네

먼 옛날 문밖 하늘엔 큰 별들이 부딪쳐 우는 소리
자욱하고
벌판엔 쓰러져 죽은 전사들 사이 붉은 꽃들이 활짝
피어나던 시절

밤이면 밤마다 죽은 여인이 다가와
네 튼튼한 심장을 먹고 싶다, 조금만 다오 말했네

두 팔에 안긴 채 가슴에 머리를 파묻고 내 심장을

먹어가며
　죽은 여인은 밤새도록 눈물을 흘렸네

　새벽이면 멀리 떠나는 그녀를 배웅하며
　나 다시 돋아나는 심장의 아픔에 진저리 치곤 했네

　그 시절 밤마다 찾아온 죽은 여인은 이 밤도 내 집
창가를 어른거리며
　나랑 같이 떠나자, 멀리 떠나자 노래 부른다네

　허나 눈멀고 머리 허옇게 센 나는 창틀에 기대어
　심장 똑딱거리는 소리만 듣고 있네

　똑딱거리다가
　그마저 멈출 날 기다리고 있네

석모도 해변을 거니는 검은 개 한 마리

눈보라가 걷힌 해변
저 멀리 검은 개 한 마리가 어정거리고 있다
낭떠러지 아래 푸석한 갯벌을 가로질러 펼쳐진 바다
사는 것이 끝없는 모욕의 연속일 때 문득 눈보라 속
으로
가뭇없이 사라지고 싶을 때
늘 귓가에 철썩이던 파도
바닷물에 앞발 담그기도 두려운 듯 야윈 개는 멀찍
이 떨어져
수평선으로 향하는 몇 갈래 물 위의 길을 바라본다
내가 사랑하고 내가 미워했던 것들 이젠 다 부질없다
까슬한 턱을 쓰다듬으며 마른기침을 해보지만
가시를 곤두세운 바람이 쓸고 가는 지상엔
아침 햇살에 흩날리는 자디잔 먼지 조각들뿐
눈 가늘게 뜨고
개 한 마리 모래 둔덕을 넘어
낭떠러지를 돌아 사라지는 것을 바라본다
아무런 영광도 없이,

물거품처럼 부서지고 싶은 회한도 없이,
늠름하게, 천천히, 꼬리를 늘어뜨리고
석모도 아침 해변을 산책하는
검은 개 한 마리

눈 내리는 날

1

첫눈 내리는 저녁
집은 고요하다 가끔씩 울리다 그치는 전화벨 소리
거실의 창 너머 파도 부서지는 소리와 함께
떼 지어 다니는 바람, 개들이 짖는다
내 시선이 미치지 못하는 지평선 너머 먼 마을에서
지금 마악 한 아이가 태어나고 있다
두 손을 움켜쥔 채 유성처럼 떨어져 내리며 아이는
막막한 어둠을 건너
나를 보고 있다

2

문을 열면 일시에 집 안 가득 바다가 밀려온다
점점 거세어지는 눈발 속에서
참새 몇 마리 신이 난 듯 단풍나무 가지 사이를 오

르내린다
　흩어졌다 모이고 다시 흩어지며
　작은 새들이 전해주는 천상의 신호들
　잠시 숨 멈추고 현관문을 잠근 뒤
　폭풍우 치는 바다 한가운데로 나아간다
　한 걸음 다시 한 걸음 발을 옮길 때마다 내 구두에
와 부딪는
　부서진 뗏목 조각들

　　　　3

　마당에 서서 하늘을 올려다본다
　낮게 깔린 시든 풀들 밑에 어둠이 고여 있다
　발을 간지럽히는 검은 물
　창고 깊숙이 버려둔 오래된 청동 난로처럼
　내 안은 온갖 망령들로 가득하다 아무도 더는
　누군가를 추억하지 않았으므로 아이들은 죽어서 태

어나고
　　태어나 죽은 아이는 쉬 잊혀진다
　　이제 깊은 밤 홀로 일어나 유리창 옆에 서서
　　찻주전자 물 끓는 소리를 들어야 할 시절
　　식탁 위에 차려진 살아남은 자의 쓸쓸한 양식이
　　덧없이 빛난다

　　　　　4

　　우편함을 열고 묵은 편지를 꺼낸다
　　버려진 밭, 그 너머 텅 빈 벌판에
　　하염없이 내리는 눈
　　허수아비 홀로 응시하는 하늘 먼 곳에
　　뇌성을 머금고 정박해 있는 구름 함대
　　눈송이 하나 깃털처럼 내 이마를 스치고 자취 없이
사라지고
　　잠시 마른 대기를 타고 번져가는

구급차 사이렌 소리에 귀 기울인다
지평선 너머 멀리 물러나버린 바다
어디에도 갈 곳은 없다

　　　5

나는 아직도 거실 창밖을 보고 있다
호주머니 속에 든 열쇠를 만지작거리며
주차장이 되어버린 사거리
진창에 빠져 움직이지 않는 차바퀴를 떠올린다
눈보라는 그치고 어둠 속에 서서 흔들리는 검은 나
무들
달이 없는 하늘을 향해 날아가는 검은 새들
내 주위를 떠도는 어둠의 가루를 들이마신다
울음을 그친 아이는 요람 속에서 여인의 젖을 찾으리라
커튼을 내리고 돌아서는 내 뒤통수에
아이의 마지막 눈빛이 와 닿는다

겨울 일기

가지마다
모가지가 비틀린 채 죽은 새들이 앉아 있다
혀를 말아 입 깊숙이 처넣고
아무 말 하지 않기로 한다
내리는 눈 다시 녹지 않고 어는 밤
유리창은 은빛 빙벽이 되어가고
거기 사나운 바람이 부딪쳐오기도 했다
음울한 하늘에 흩어져 있는 구름의 널빤지들
낮게 기운 처마 밑에 무슨 신호처럼 깜박이는 빛
안식일이면 일주일 내내 죄를 짓지 못한 이들이
예배당에 모여 통곡하는 소리가 들려오곤 했다
성에 사이로 굴절돼 비치는 창밖의 숲엔
가지마다 죽은 새들이 앉아 있고
간혹 그 아래를 지나는 내게
낯선 방언을 주절거리기도 했다
잠자리에 누운 내가 숫자를 헤아리고 있는 동안
바다 건너 먼 나라에선 천년왕국이 무너지고
다시 또 다른 천 년을 알리는 축제가 열렸다

둘러보아도 사방 깊은 어둠뿐
난민들이 집단 수용된 천막촌을 가로질러
허기진 별똥별이 빠르게 스쳐 지나가곤 했다
세상의 종말을 알리는 선지자조차 지쳐 떨어진 밤
길가 하수구는 붕글어 터지는 말의 거품들로 가득
해도
얼어붙은 내 입은 녹지 않고
멀리 숲에서 나뭇가지 부러지는 소리만 연이어 들
렸다

새벽
현관문을 열고 밖으로 나오면
얼음을 깨고 다가온 쇄빙선 한 척
까마득한 허공에 닻을 내린다

그런 날

그런 날
하루 종일 바람은 불고
마음은 천장 구석의 얼룩을 따라 한없이 번져가고
싶은 오후
뒷문 덜컹이는 소리 유난히 선명하게 들려오고

느지막이 몸 일으켜 창문을 열면
가로수와 전깃줄 사이를 헤매는 눈송이가 보이고
두터운 옷 뒤집어쓴 사람들 느릿느릿 거리를 지나쳐
가고

하염없이 시간은 흐르고
아무도 내게 전화조차 걸어오지 않는 그런 날
옆집 옥상의 언 빨래들 문득 펄럭이다 그칠 때
창밖을 휘날리는 눈발 속을 걸어오는
하얀 눈사람이 보이고

어느덧 방 안에 들어온 눈사람이

눈웃음 지으며 다가오고 창밖 하늘에 부서져 내리는
하얀 눈송이들
발 디딜 곳을 찾지 못해 헤매는 저물녘
방을 가득 채운 채 하얗게 웃고 있는 눈사람 앞에서
나 또한 멀거니 웃고만 있는 그런 날

오래고 오랜 나날 먼 길을 굴러오며 커다래진 눈사
람도
차츰 녹아가고
내 발밑을 적시며 흐르는 눈사람의 물 앞에서
나 아무리 도리질해보지만

나도 어느 날 길 떠나
어느 누구 앞에 눈사람 되어 서고 싶은 그런 날
뒷문 덜컹이는 소리에 종일토록 마음은 붐비고

선인장

겨우내 반 지하 방에 갇힌 채
여인은 선인장처럼 시들어간다
물을 주지 않은 살갗에서 버석거리며 모래알이 떨어
지는 동안
허공의 낙타떼는 지붕 위에 머물다가
방울을 울리며 떠나곤 한다

철 지난 옷 속에 가시를 숨기고 여인은
주방과 화장실만 오간다
개수대에 쌓인 그릇이 늘어날수록
현관 앞엔 우편물과 신문이 버려진 채 바래어가고
마룻바닥 위 모래 먼지에 낙타 발자국이 찍혔다가
지워진다

울리지 않는 전화기를 옆에 두고
여인은 비좁은 소파 위에서 웅크리고 잠을 잔다
불타는 천막 속에서 한 남자가 길길이 날뛰다
타 죽어가는 꿈을 꾸며 여인은

만족스런 웃음을 짓는다

저 멀리 지평선 너머 신기루처럼 아물거리며
한 떼의 낙타가 다가오고 있다
모래 바람이 지붕을 밟고 지나가는 소리와 함께
만삭의 달이 구름 사이로 얼굴을 내민다

선인장 가시를 입에 물고
여인은 반 지하 방 창문을 노려본다
창밖 수평으로 펼쳐진 마당에 어느덧 봄빛이 번져가
고 있다
두 손으로 부풀어 오른 배를 쓰다듬으며
여인은 낮게 웅얼거린다

그 새끼 죽었어, 하지만
나는 너를 꽃피우고 말 거야

모래알과 마른 풀들 사이

선인장 가시가 다가온다
곤두선 은빛 침들이 사방에서 자라난다
선인장이 내쉬는 무거운 숨소리
낙타 발굽에 밟히는 모래알처럼 부서지는
창밖 경적 소리

겨우내 창틀에 앉아 나를 지켜본 선인장이
서서히 말라가고 있다
허물어지는 몸을 간신히 추스른 채
단단한 가시만 더욱 날카롭게 허공으로 펴들고 있다

무수한 낙타떼를 휘몰고
창밖을 지나가는 바람 소리
거울에 반사된 겨울 햇빛처럼
선인장 가시는 차갑다
차갑게 나를 찌른다

방 안 가득 서걱이는 모래알과 마른 풀들 사이

선인장이 일렬로 죽 늘어서 있다
죽는 그 순간까지 한없이 찔리며 내가 걸어가야 할
형극의 길

선인장이 마지막 숨을 내려놓는다
시든 가시 끝마다
내 핏방울이 묻어 빛나고 있다

겨울 아침

새들이 떨어져 내린다 허공에 흩날리는
눈부신 깃털
내 발밑에 툭툭 떨어져 차이는
새의 시신들

발자국과 발자국 사이
죽은 새들이 떠오른다

겨울 하늘 얇게 깔린 빙판 틈새에 맺힌
동그란 피 한 방울
구름이 몰려들어
내 집 마당에 자욱하게 그늘을 드리운다

대문이 열리고
먼 바다 빙하 갈라지는 소리와 함께
일제히 날아오르는
흰 돛배 검은 돛배

제3부

월식

달을 따기 위해
지붕에 사다리를 걸쳐놓고 올라간 아이와

달을 건지기 위해
두레박을 타고 우물 속으로 내려간 아이가

이 밤
저 달에서 만나 서로 손을 맞잡는다

우물에 떠 있는 달 속으로
지금 막 올라간 아이가
달을 따 들고
지붕 밑으로 내려온다

金宗三

창틀 위에
새
한 마리
부리 끝에
빈 새장을 물고 있다

흐린 하늘에 떠 있는
깃털 구름

축제는 계속된다

그날
물이 마른 강 위의 다리를 건너 사원을 향해 걸어갔
을 때
긴 혼례 행렬이 다가오고 있었네
흰 면사포를 쓴 신부가 나이 든 남자의 인도에 따라
성문을 지나 서서히 다가오고 있었네
꽃을 든 하객들이 그 뒤를 따르고
하늘엔 날렵한 제비 몇 마리 가로지르고 있었네
어디에도 신랑은 보이지 않았네
죽음으로 가득 찬 폐허의 도시
햇빛에 달구어진 돌들은 뜨거운 열기를 내뿜고
조금씩 거리가 가까워질수록 혼례 행렬은 늘어만
갔네
오 내려 쓴 신부의 흰 면사포 밑으로 두 줄기 피가
흘러내리고
활짝 웃고 있는 그녀 아버지 입가에도 피가 맺혀 있
었네
대피리 소리 맞춰 춤추듯 걷는 하객들은 하늘 높이

꽃을 던져 올리고

갖가지 짐승 모양으로 장식된 다리 난간에 붙어 서서

나는 기념사진을 찍었네

그날, 물이 마른 강 위의 다리를 건너

혼례 행렬이 다가오고 있었네

바람 한 점 없는 대기 속을 헤엄치듯 걸으며

나는 어느덧 사람들에게 에워싸이고 말았네

아무리 걸어도 사원은 가까워지지 않고

대피리 소리 더욱 요란스럽게 울려 퍼지고

내 앞의 신부는 서서히 두 손으로 면사포를 들어 올렸네

떨어져 내리는 꽃잎 아래서 환히 미소 짓고 있는 그녀를 보며

나, 전생부터 준비해 온 사랑의 말을 속삭였지만

짧은 순간 그녀를 데리고 혼례 행렬은 다시 멀어져 갔네

하객들이 다 사라진 텅 빈 광장

기념사진에 찍힌 것은 눈부신 햇살과 묵중한 돌벽뿐

검게 파인 그녀의 눈구멍에선 피가 흘러내리고
아득한 시간을 건너 혼례 행렬은 지금도 그 다리 위
를 지나고
또 지나고 있네

오래된 사원

어스름이 내리는 강가
기다리는 이는 오지 않고
물소 한 마리 느릿느릿 내 곁을 지나간다

내가 아직 가보지 못한 강 건너 숲 저편
낡은 사원 하나 오랜 세월 비바람에 서서히 무너져
가고
나는 끊긴 길 이편에 적막하게 앉아
저녁 강물을 들여다보고 있다

해 저물도록 그림엽서를 팔던 소녀는
자전거를 타고 노을 속으로 멀어져가고
먼지를 뒤집어쓰고 놀던 아이들 소리치며 그 뒤를
따라 뛰어간다
실눈 뜨고 바라보는 강물 위로 부서지는 마지막 햇살

뿔이 긴 소를 타고
저 물속으로 깊이 자맥질해 들어가면

거기 나를 기다리는 누가 있을까

저녁이 머뭇대며 내 주위를 에워싸기까지
기다리는 이는 오지 않고
조용히 물살을 가르며 내게 다가오는 숲 그림자
나는 어느덧 온봄을 휘감아 오르는 나뭇가지 푸르름
에 휩싸여
아무도 찾지 못하는 사원이 된다

앙코르

아주 멀리
돌의 도시가 떠오른다
해자를 건너 기나긴 성벽을 지나
아득한 전생의 꿈에서 보았던 탑들이 솟아오른다

황폐한 뜨락 저편 웅크리고 있는 땅거미
거대한 나무들이 금방이라도 줄기와 뿌리를 뻗어 삼
키려 드는
사나운 밀림 한가운데

부서지고 무너지고 금이 간 모습 그대로
돌의 도시는 내 앞에 펼쳐져 있다
읽을 수 없는 상형문자로 가득 찬 회랑을 돌아서
왕과 승려와 병사들이 차례로 내 곁을 지나간다

얼마나 많은 전쟁과 추수를 거듭한 끝에
지금 나 홀로 이 돌의 도시에 남겨진 것일까
벽면에 새겨진 전차 위에서 세상을 내려다보고 있는

왕은 말이 없고
　그 바퀴 아래 깔린 용병들의 신음 소리만 아직도 메
아리친다

　그늘진 사원 한 켠
　목이 달아난 불상 앞에 향을 피우고 기도하는 사람들
　그 앞에 잠시 고개 숙이고 몇번째인지 모를 생을 헤
아리다
　어스름에 잠긴 돌의 도시를 빠져나온다

반얀나무 아래

숲 그림자에 에워싸인 사원
푸르름이 돌벽을 푸르게 물들인다 더운 열기가 빠져
나가는
석양 녘의 범종 소리
빛바랜 가사를 걸친 늙은 승려 한 사람 한숨 쉬듯
가만히
돌계단 위로 발을 내려놓는다

사원의 벽과 천장을 부수고 뻗어 내린 나무뿌리가
서서히 돌덩이 사이에 금을 내며 제 몸을 밀어넣는다
무너진 돌더미에 달라붙어 잠시 달아날 길을 엿보는
도마뱀 한 마리
숲 그림자가 짙어지며 사원을 품속에 안아 들인다

휘어진 나무뿌리들이 높이 치솟은 솔방울 탑을 휘
감고
거대한 뿌리로 돌벽을 으스러뜨리는 동안
천 년의 세월이 흘렀다 빛바랜 가사의 승려는 여전

히 움직이지 않고
  못물에 비친 사원은 잠시 바람에 일렁인다

  기인 낮잠에서 깨어나 다다른 석양 녘의 사원
  은밀히 돌이 자라는 소리를 듣는다
  지하에서부터 정방형의 탑 꼭대기까지
  돌의 줄기에서 뻗어 나온 가지가 허공에 돌꽃을 피
울 때

  숲 그림자를 부수며 날아오르는 새의 날갯짓 소리
  천 년 전의 내가 그러했듯이 늙은 승려는 내게 합장
을 하고
  회랑을 돌아 나는 푸르름에 물든 사원 깊숙이 안겨
든다
  나무뿌리가 세차게 내 몸을 휘감고 뻗어 오른다

몽생미셸

육지의 끝
썰물 진 바닷가에
조가비처럼 누워 있는 수도원

안개가 걷히면
순례자 대신 장사치와 관광객들로 붐비는 거리
영혼의 감옥에서 빠져나오지 못한 자들이
비좁은 계단 사이 어깨를 부딪치며
값싼 지폐와 신성을 교환하기 위해 오간다

수도사의 휴게실을 지나 석회암 기둥의 회랑을 지나
바다를 등지고 멀리 바라보이는 목초지엔
무심히 풀을 뜯는 검은 얼굴을 한 양떼들

하루의 소란이 다 저물고 난 뒤
깊은 밤이 찾아오면 조가비는 비로소 입을 열어
밤하늘 가득 맺힌 물방울 같은 별들을
제 속으로 빨아들인다

오후 세 시의 추억

갈매기 한 마리
원을 그리며 내 머리 위에서 종일 돌고 있다

삭아가는 폐선 옆에 서서
멀리 난바다에 부서지는 햇살 바라보며 찍은
흑백사진

거기
홀로 선 내 머리 위를 맴돌고 있는 갈매기 한 마리
내 젊음은 저렇듯 끝없이 돌고 돌다가
점이 되어 허공 속으로 사라졌다

더 이상 돌지 않고
무슨 얼룩처럼 사진에 붙박인 갈매기 한 마리
눈길을 주는 순간 물결을 일으키며
사진을 들여다보고 있는 내 눈동자 속으로 뛰어들
어와
다시 돌기 시작한다

카타콤

어둠에서 어둠으로 이어진 채석장 터널
흐릿한 조명에 잠긴 뼈와 두개골의 길
천장에서 차가운 물방울이 떨어져 뺨을 타고 흘러내
린다
이토록 많은 죽음이 이토록 외설스럽게 전시되는 곳
돌벽에 난 고대인의 손톱자국에
어슴푸레 말라붙은 피의 흔적이 남아 있다
한때 이곳을 거닐었을
유태인과 집시들 아랍인들 파란 눈의 여인들
지하 무덤의 길고 긴 미로를 가로질러 완강하게 침
묵하고 있다
가끔씩
관광객들이 터뜨리는 카메라 플래시가 이들의 잠을
뒤흔들 뿐
위엄도 연민도 다 저버린 채
다만 끔찍한 볼거리로서 끝도 없이 펼쳐진 통로를
따라
장작처럼 차곡차곡 쌓여 있는 뼈와 두개골들

학살당한 순간의 외침이 얼어붙어 있는

뻥 뚫린 눈구멍과 입구멍 사이로 검은 바람이 새어
나오고

귀 기울이면 저들이 웅얼거리는 낯선 주문이 고막에
가득 찬다

낭하 저편 시간 밖으로 메아리쳐가는 자신의 발소리
를 들으며

음산한 지하 제단을 지나 비좁은 돌계단을 밟고 오
른다

등기되지 않는 죽음의 막막한 퇴적물

내가 가진 여권으로는 통과되지 않는 미지의 세계
저편에서

미소 짓고 있는 뼈와 두개골들

경을 찾아서

느릿느릿 읽어나가던 경을 덮는다
한 나라가 마침내 무너지고
다시 한 나라가 일어선다

창 바깥을 내다보면
모래언덕 넘어 낙타를 몰고 서역으로 가는 사람들
사거리 붉은 신호등 앞에 잠시 섰다가
밤하늘 별자리를 헤아리며 떠나는 무리가 보인다

일어남이 누움과 같고
무너짐이 다시 세움과 다르지 않으니
한가로이 지붕 위를 흘러가는 흰 구름 따라
가뭄과 홍수가 번갈아 찾아오고
물이 그리운 낙타는 길게 울음 운다

아득히 신기루처럼 손짓하는 모래언덕 너머 먼 바다
허리춤에 찬 표주박에 찰랑이던 물 다 마셔버리고
잠시 쉴 곳을 찾는다 내가 넘기는 책장 따라

무수히 많은 나라의 탄생과 몰락이 있었으니
경을 구하러 떠난 사내들의 소식 끊기고
창 바깥은 부연 황사 먼지뿐

어두운 동굴 속에서 한소금 졸다
해골에 고인 물 달게 들이키고
다시 돌아누워 잠을 청한다

닫힌 경을 펴들고
내가 가야 할 나라를 묻는다

정거장에서

길이 끝나고
황혼 빛에 물든 정거장이 서 있다

가랑잎 한 장이면 다 가려지는
내 영혼의 초라한 대합실 안으로
나는 떠밀려 들어간다
누가 나를 이리로 불렀을까
나무 의자에 앉아 무료히 졸거나
신문을 펼쳐 든 사람들은 아무도 나를
주목하지 않는다

창밖으로 끝없이 펼쳐진 들판에 몇 군데
모닥불이 지펴지고 있을 뿐 기차도 선로도
보이지 않는 황량한 들판 한가운데의 정거장
천장에서 한가로이 돌고 있는 선풍기만
털털거리는 소리를 내고 있다

나는 사람들로 가득 찬 대합실 안을 이리저리

거닐어본다 발끝에 차이는 잡풀과 돌멩이들
낮은 속삭임과 담배꽁초 빈 병들
사방의 벽이 아득히 멀어져가고
내 안에 숨어 있던 희망과 기대가
물거품처럼 꺼져나가는 것을 느낄 때

내 주위에 있던 그 많은 사람들은
하나씩 둘씩 정거장을 빠져나와 어디론가 떠나간다
어느새 홀로 남은 내 시야에
들판 저편 타고 남은 재와 연기만 들어온다

멀리서 기적 소리가 다가오고 있다

오래전 길을 떠날 때

저무는 하늘에 무덤이 떠간다
검은 구름들 죽은 자의 혼을 싣고 먼 바다로 간다
옛 친구의 부음을 듣고 장례식장에 가는 길
벚꽃은 져 내려 사방에 휘날리고

나는 화장하는 순간의 불길의 뜨거움을 떠올린다
소각로 속으로 밀려드는 구름, 천둥소리와 함께 타
들어가는 살과 뼈
문이 열리고 죽은 자의 육신이 한 줌의 가루로 이승
을 빠져나간다
텅 빈 장례식장 여기저기 나뒹굴 화환과 의례적인
말들

맨 처음 생이 내게 우호적이지 않다는 사실을 안 다
음부터
하늘을 쳐다보면 무덤이 떠가곤 했다
하늘을 노 저어 가는 검은 구름들의 행렬
만종 소리도 없이 한 사람의 생은 갑자기 저물고

천천히 나는 누군가의 영구차를 뒤따른다

어쩌면 다음에 이 생을 빠져나갈 사람은 누구일까
오랜만에 만난 지인들과 악수하며
장례식장 한 켠 무심히 흩날리는 벚꽃을 바라본다
생은 추하지도 아름답지도 않다 다만 죽어가며 지속
될 뿐

도로 저편 검은 구름 한 척 정박해 있는
새로 개장한 호텔 안으로
지금 막 젊은 두 남녀가 들어가고 있다

저녁 산책

늙은 길이 내 발밑에 제 몸을 기댄다
그 오랜 세월을 너도 나와 같이 지내왔구나
내 혀끝에 남은 몇 마디 말이
검은 열매처럼 후두둑 져 내리는 이곳에 나는 홀로
서서
어둠을 기다린다 빈 터에 쌓인 먼지들이 날아올라
산책 길을 휩싸고 도는 늦가을의 저물녘
흔들리는 발걸음에 길도 따라서 흔들리고
풍경은 자꾸 내 시선을 비껴간다
알 수 없다 내가 기대한 모든 것이
지금 길 끝에서 마지막 잔광을 흩뿌리는 햇살처럼
덧없다는 것, 내가 사랑한 모든 것이
새가 날아가고 난 다음의 텅 빈 하늘처럼 무연하다
는 것
늙은 길은 더듬거리며 언덕을 넘어가고
추억은 어두운 그늘을 드리운다
지나간 것은 다 녹슬거나 망가져버렸다
내게 남은 것은 쓸쓸함이 불러일으키는

지난날의 몇몇 사소한 영상들뿐
호주머니에 손을 넣고 휘파람을 불며
나는 짐짓 늙은 길에 내 발자국을 기댄다

연가

1

사랑하는 그녀가
화분에 내 머리를 옮겨 심는다
물을 주고 햇볕 잘 드는 곳에 가져다 놓는다
아침마다 식탁을 차리며 그녀가 부르는 노랫소리
무럭무럭 자라거라
내 어여쁜 머리

2

해가 떠오르면 그녀는
화분에 심은 내 머리에 입 맞춰주고
머리칼도 빗어준다 가끔씩 전지가위로
살랑거리는 코와 귀를 다듬어주며 부드러운 말로 속
삭일 때
화분에 담긴 얼굴에 환하게 번져가는 미소

하늘이 무너지고 바다가 갈라져도
영원할 내 사랑

　　　3

선인장과 춘란 사이에서
내 얼굴이 날로 푸르러간다
가끔 물뿌리개가 한 모금씩 주고 가는 소낙비
식당 냉장고 위에서 거실 유리창 옆으로
서재 책상 앞에 잠시 머물렀다가 어둑한 현관 신발
장 위로
붙박인 자의 유랑 세월은 끝없다

　　　4

흐린 날 창틀 아래로 바라보는 세상은

물에 잠긴 수몰민 부락 같다
찌가 흔들리고
한 사람씩 수면 위로 솟아올라 머뭇대다가
어디론가 사라진다

5

간혹 화가 나면 그녀는 아무거나 집어던진다
박살 나는 화분에서 쏟아져 나오는 머리통
한때 그녀의 사랑을 듬뿍 받았던
내 얼굴이 바닥에 흩어져 나뒹군다
잠시 방구석에 쭈그리고 앉아 울다가
다른 화분에 내 머리를 주워 담는다
온통 멍든 얼굴로 나는 다시 한사코 꽃을 피워 올린다

6

어둠이 내리고 밤하늘에서
사수좌와 전갈좌 쫓고 쫓기는 소리 들려온다
안녕, 내 사랑, 편히 잠들려무나
언젠가 햇빛 밝은 날 네 머리도
참한 땅에 꽃모종 해줄 테니

멍키 템플

녹슨 난간 옆
원숭이처럼 쭈그러든 채 앉아 있는
늙은 승려들

싸구려 기념품이 늘어서 있는 잡화점을 지나
원숭이들이 캑캑거리며
탑과 사당 사이를 뛰어다닌다

죄를 벗어버린 몸은
한없이 오그라든다

설산도 보이지 않는 저물녘
가파른 돌계단을 걸어 내려온다
멀리 화장터에서 피어오르는 연기 따라 흩어지는
독경 소리

수목한계선

온몸 가득 두껍게 얼음이 얼었다

얼음이 갈라질 때마다

몸속에 깊은 분화구가 파였다

얼음이 녹았다 어는 사이 날은 저물고

멀리 추운 고장에서 날아온 새들이

깨진 얼음벽에 부딪쳐 죽어가곤 했다

창 너머 자동차 불빛이 스칠 적마다

살갗에 맺힌 성에가 버석거리며 떨어져 내렸을 뿐

얼음 속에서 나는 편안했다

하얗게 얼어붙은 세상이 아름다워 보였다

화석으로 굳은 말라죽은 잎들이

늪처럼 어두운 거실 바닥에서 떠오르고

간혹 죽은 물고기가 벽에서 미끄러져 내리기도 했다

얼음에 파묻힌 시체를 파내는 사람들의 발소리

가까워졌다 멀어져가도 나는

아무 소리 내지 않았다 다만

눈 부릅뜨고 온통 하얀 세상을 지켜보고 있었다

폐 속에서 덜그덕거리던 얼음도

척추를 굳게 잠그고 있던 강추위도
서서히 풀려나가는 새벽
누군가 길게 초인종을 울렸다
부서져나가는 얼음 조각을 밟고 비틀거리며
일어서는 순간 내 몸은 어느덧
투명한 물이 되어 흐르고 있었다

문을 열자 밝아오는 능선 저편
새들이 떨구고 간 눈부신 핏방울 몇 점
하늘의 푸른 빛에 녹아들어 간다

독서

독이 묻은 페이지를 넘긴다
나를 암살하기 위해 누군가 발라놓은 독을
침과 함께 나는 삼킨다
독 묻은 책을 읽는 것은 독에 잠겨 서서히 익사해가
는 일
피 속에 움트는 날카로운 외침에 귀 기울이며
다시 페이지를 넘긴다
그 어느 시인도 독으로 일생을 살진 못했다
그가 남긴 독이 책에서 책으로 돌고 돌다
어느 한가로운 일요일 아침
책을 펼쳐든 나를 깨문다
서서히 독에 마비되어가는 몸을 젖히고
나는 책 속을 빠져나가는 독사 한 마리를 본다

무릇 모든 독서란
독사 한 마리씩 길들이는 일이니

열세번째 사도의 슬픈 헛것들

신 형 철

남진우는 해찰하지 않는다. 그는 성(聖)을 향해 전력으로 진력한다. 지난 25년간 그의 모든 시는 단 한 편의 시였다. 이 사태는 시가 운명이 되어버린 자들의 표징(標徵)이다. 이런 부류들은 대개 대상들을 주유하지 못하고 화법들을 소요하지 못한다. 애오라지 한 대상만을, 필생(畢生)의 한 목소리로 노래할 뿐이다. 이 '일물일어'의 결벽증에는 어떤 종교성이 있다. 종교적인 모든 세계에서 주체를 장악하는 대상의 힘은 불가항력적이고 주체와 대상의 관계는 비가역적이다. 주체는 대상을 선택할 수 없고 대상 앞에서 무력하다. 다만 사제나 샤먼이 될 수 있을 뿐이다. 그래서 그의 노래는 그의 선택이 아니라 그의 운명이다.

게다가 이곳은 '성스러운 반복'의 세계여서 변칙에 기대기 쉬운 개인의 사사로운 언어를 허락하지 않는다. 이곳에서 아름다운 개별성의 언어는 불순하며, 성스러운 보편성의 언어만이 진실하다. 벤야민Benjamin이 꿈꾸었던 소위 '비명체(碑銘體)'는 남진우의 것이기도 하다. 그의 시편들은 한 편 한 편이 그의 에피타프epitaph다. 살을 발라내고 뼈만 남은 문장들, 샤먼의 목에 걸려 있는 짐승의 흰 뼈 같은 그 언어만이 이곳에 봉헌될 수 있다. 그의 시에는 그래서 파격이 아니라 품격이, 파행이 아니라 고행이 있다. 다만 성스러운 것들을 추구했고, 그것들에 헌신했으며, 한 줌의 언어를 봉헌했다. 그는 문학과 종교의 거리가 그리 멀지 않다고 믿는, 오늘날 극히 드문 유형의 시인이다.

그러나 그의 대상과 언어가 함유하고 있는 넓은 의미의 종교성은 문학을 초과하고 궁극에는 문학을 삼켜버리는 그 대문자 종교들의 우수리가 아니다. 그곳은 대개 언어도단(言語道斷)의 세계이자 생활이 박멸된 세계이다. 우리가 흔히 부정적인 의미에서 '신비주의'라고 부르는 저 살균된 공간에서도 시는 발아하지 못한다. 그러나 남진우는 설교하는 자가 아니라 몸부림치는 자이고 그의 언어는 깨달은 자의 언어가 아니라 꿈꾸는 자의 언어라서, 그는 끝내 시인의 자리에서 겸허했고 성과 속의 변증법을 놓지 않았다. 스스로 성스럽지 못한 세상에서 스스로 성스럽지 못한 자의 회한과 동경이 그의 시를 낳았다.

그는 한결 같았지만 물론 멈춰 있지는 않았다. 속(俗)

의 세계에서 성(聖)의 편린들을 찾아 헤맨 역정의 시간들
은 그가 어느 시기 들려 있었던 몇 개의 형용사들로 구획
된다. 강철 같은 이념의 시기에 그는 '깊은' 것들을 향해
그물을 던지는 베드로였다(『깊은 곳에 그물을 드리우라』
1990). 이념이 스러진 시장의 낙원에서 그는 '죽은' 자들
과 교신하였고 그들을 위해 기도했다(『죽은 자를 위한 기
도』1996). 저 이교도의 내면에 불던 폭풍은 불혹을 바라
보며 어느덧 잠잠해져서 '타오르는' 것들을 위한 저음(低
音)의 노래가 시작되었다(『타오르는 책』2000). 깊은, 죽
은, 타오르는 것들에 바쳐진 성스러운 노래들이 내내 그
의 것이었다. 그리고 네번째 시집이다.

히에로파니와 크라토파니

우선 서시(序詩)를 읽자. 이 시가 유독 아름다워서가
아니다. 여기에 그의 기왕의 내력과 목하의 현황이 요약
되어 있기 때문이다.

내 낡은 모자 속에서
아무도 산토끼를 끄집어낼 수는 없다
내 낡은 모자 속에 담긴 것은
끝없는 사막 위에 떠 있는 한 점 구름일 뿐

내 낡은 모자 속에서 사람들은

파도 소리도 바람 소리도 들을 수 없다

그러나 깊은 밤 내 낡은 모자에 귀를 갖다 대면

기적 소리와 함께 시커먼 화물 열차가 달려 나오기도 한다

내 낡은 모자를 안고 오늘 나는 시장에 갔다

하지만 해 저물도록 아무도 사는 이 없어

나는 구름과 놀다가 기차를 타고 훌쩍

머나먼 사막으로 떠났다

누군지 모르는 그대여

내 낡은 모자를 사다오

달리는 화물 열차 끝에 매달려 오늘도 나는

내 모자를 쓸 그대를 찾아 헤맨다

—「모자 이야기」 전문

　가령 시를 "모자"라고 해보자. 마술사가 모자에서 "산토끼"를 끄집어내듯 독자에게 신기함과 놀라움을 안겨주는 시들이 있을 것이다. 그러나 남진우의 '모자'에는 산토끼가 없다. 일회적인 쇼크는 그의 관심사가 아니다. 대신 그의 모자에는 "끝없는 사막 위에 떠 있는 한 점 구름"이 있다. '끝없는'과 '한 점'의 협력에 유의하길 바란다. 그가 늘 찾아온 것은 영원성('끝없는')의 한 편린('한 점')이다. 첫번째 시집 『깊은 곳에 그물을 드리우라』 이래로 동서고

금의 신화·종교 전적들을 종횡으로 인유(引喩)하면서 그가 천착해온 것이 바로 그것들이다. 성(聖)은 본래 영원하고 영원해서 위력적인 것이지만, 그래서 그의 초기 시는 경배하는 자의 숭고한 열광으로 가득 찰 수 있었지만, 그러나 오늘날 그 성을 육화하고 있는 것들의 편린들은 대체로 가녀리고 애틋한 얼굴을 하고 있다. "끝없는 사막 위에 떠 있는 한 점 구름일 뿐"이라는 심상한 표현 안에는 그 가녀리고 애틋한 것들의 운명을 제 것으로 받아들이는 자의 진심이 담겨 있다. 엘리아데Eliade라면 히에로파니hierophany(聖顯)라고 불렀을 저 '한 점 구름'의 신성한 힘은 한낱 '산토끼'의 일회적 즐거움에 비할 바가 아니다. 마술의 즐거움은 만인의 것이다. 그러나 히에로파니를 알아보는 자들만의 컬트 제국은 시의 민주주의를 배격한다. 남진우는 좋은 의미에서 시의 귀족주의자다.

그렇지만 서정시는 본래 찰나에서 영원을 보아내는 것이 아니었던가. 그러나 더러 제 자신이 장악한 영원을 과대평가하는 서정시들이 있어서 문제다. 예컨대 "파도 소리"나 "바람 소리"의 영원성은 시간에 결박되어 있는 인간들에게 위안이 되지만, 그 위안이 "산토끼"의 마술만큼이나 일회적인 소모품일 수 있다는 역설은 아직 충분히 자각되고 있지 않다. 남진우의 시 역시 서정적이지만, 거기에서 우리는 "파도 소리도 바람 소리도 들을 수 없다." 오히려 "기적 소리와 함께 시커먼 화물 열차가 달려 나오"기십상이다. 가녀리고 애틋한 히에로파니가 남진우 시의 한 축이라면, "시커먼 화물 열차"처럼 역류하는 타자성의 크라토파니kratophany(力顯)가 그의 다른 한 축이다. 그가 크라토파니의 발견자가 될 때 그의 시는 역동적이고 위협적인 것이 된다. 파도 소리와 바람 소리의 정태성은 '달려나오는' 화물 열차의 역동성 앞에서 무력해지고, 파도 소리와 바람 소리의 위안은 '기적 소리'의 계고(戒告) 효과 앞에서 민망해진다. 두번째 시집 『죽은 자를 위한 기도』에서 집요하게 탐구된 이래로 저 타자성의 크라토파니는 남진우 시의 한 인장(印章)이 되었다.

히에로파니와 크라토파니의 성스러움을 편애하는 이 시인이 세속도시의 인공낙원과 어울리기는 어렵다. '지금-여기'에 없는 것들을 환기하면서 세속도시의 얄팍함을 힐난하고, '지금-여기'가 은폐한 것들을 불러들이면서 인공낙원의 비전에 오점을 남기기 때문이다. 그러니 그가 모자를 들고 "시장"에 간다 한들 그의 모자를 사는 이 있을 리 없다. 현실과 불화하는 그가 꿈꾸는 곳은 성소(聖所)다. 그의 성소는 이를테면 "머나먼 사막" 같은 곳이다. 여기서 '머나먼'이 뜻하는 것은 물론 물리적 거리가 아니라 정신적 거리일 것이다. 그래서 그의 시는 종종 시장을 떠나 사막으로 가는 망명객의 몽상이 되고, "구름〔히에로파니〕과 놀다가 기차〔크라토파니〕를 타고 훌쩍/머나먼 사막으로 떠"나는 순례자의 노래가 된다. 이렇게 요약될 수

있는 그의 기왕의 내력이 앞서 인용한 시의 1연에 갈무리
되어 있다. 네번째 "낡은 모자"를 세상에 내보내는 그의
현황은 달라진 것이 없다. 그는 여전히 "내 모자를 쓸 그
대를 찾아 헤맨다." 이제 우리가 그의 모자를 쓴다.

세속도시의 방주

1부의 부제를 '동물시편'이라 해도 좋다. 거의 대부분의
시들이 동물들의 내방 덕분에 씌어졌다. 여우(「여우 이야
기」), 개(「저수지의 개들」), 사자(「새벽 세 시의 사자 한 마
리」), 반달곰(「겨울잠」), 호랑이(「먼 산 먼 길」), 꽃게(「종
일토록」), 악어(「열대야」「계단 오르기」), 들소(「들소떼와
춤을」), (동물성을 강하게 갖고 있어서 동물이나 다름없는)
버섯(「버섯들」), 말벌(「소음」) 등이 시를 끌고 간다. 이
동물지가 특별히 이례적인 것은 아니다. 이를테면 남진우
는 본래 '일각수'를 노래하는 시인이었다. "그 아득한 전
설의 호수 달빛 푸르름에 뿔을 담그고 일각수는 알몸으로
멱을 감는 여인에게 다가간다"로 시작되는 「일각수」(『깊
은 곳에 그물을 드리우라』)가 있었고, "단 하나의 뿔로/너
는 내 가슴을 들이박고/안개 자욱한 새벽거리 저편으로
사라졌다"로 시작되는 「일각수」(『죽은 자를 위한 기도』)가
있었다. 이 두 편의 시에서 일각수는 각각 그 시가 수록되

어 있는 시집의 서로 다른 분위기를 얼마간 반영하고 있거
니와, 전자가 히에로파니의 자장 안에 있다면 후자는 크
라토파니의 자장 안에 있다. 각각 동일성의 일각수와 타
자성의 일각수라 해도 좋다. 세부적인 차이를 사상하는
것이 허락된다면, 이 두 계열은 이번 시집에서도 여일하
게 존재한다고 말할 수 있다.

비 내리는 밤
저수지 밑에서 개들이 짖는다
흙탕물 위로 부글부글 끓어오르는 울음소리

〔……〕

우리가 버린 말
우리가 욕하고 더럽히고 깨트린 말들이
폭풍우 치는 밤
저렇게 어두운 물 밑에서 하염없이 짖어대고 있다
　　　　　　　　　　　　　—「저수지의 개들」에서

아득히 먼 사막의 길을 걸어 사자 한 마리
내 방 문 앞까지 왔다
내 가슴의 샘에 머리를 처박고
긴 밤 물을 마시기 위해

〔……〕

문을 열고 나가보면 어두운 복도 저편
막 사라지는 사자의 꼬리가 보인다
　　　　　—「새벽 세 시의 사자 한 마리」에서

　동물시편들의 가장 전형적인 형태를 보여주고 있는 두
편을 골랐다. 앞의 시는 남진우가 지난 세기 말엽에 천착
했던 주제인 '죽은 자들의 귀환' 계열로 우선 읽힌다. 모
더니티가 방류한 폐수들 밑에서 "부글부글 끓어오르는" 타
자들의 말, 그것은 기실 "일찍이 지상에서 쓸려 나가/저
어두운 물속에 갇힌" 소리들과 "우리가 욕하고 더럽히고
깨트린 말"의 역류다. 그의 시가 늘 그렇듯, 구체적인 시
공간의 지표들이 삭제되어 있는 탓에 저 풍경은 세속의 개
별적 폭로가 아니라 문명 일반의 음화가 될 수 있었다.
　그러나 저 "흙탕물"과 "어두운 물"에 대해서라면, 예나
지금이나 남진우만의 것인 크라토파니를 말하기는 어려워
보인다. 남진우가 호출했던 타자들은 거개가 두려움
tremendum과 매혹fascinosum을 동시에 촉발하는 '어두
운 성'의 편린들이었다. 그러나 저 '저수지의 개'에는 일말
의 성스러움도 없다. 그는 어쩌면 역류하는 온갖 비언(飛
言)과 쵀언(贅言)들에, 성스러움의 반대편에서 "긴 혀를

142

늘어뜨리고/두 눈에 불을 켠” 채로 “발톱으로 서로의 목
줄기를 찢으며 짖어”대는 저 말들의 아비규환에 그만 지
쳐버린 것은 아닌가. 그래서 그가 “밧줄을 내려주어도 저
들은 올라오지 못한다”고 단호히 쓸 때, 우리는 성스러운
언어를 추구하는 시인이 ‘짖어대는 개’들의 말 앞에서 느
낀 피로를, 우리 시대가 무단 방류한 폐어(廢語)들의 저
수지를 목도하고 있는 시인의 절망을 읽어야 한다. 이 피
로와 절망은 ‘말벌’을 ‘말〔言〕’과 ‘벌(罰)’로 분리하여 ‘찔
러대고’ ‘다그치는’ 말들의 습격을 노래하고 있는 시(「소
음」)에서 직접적으로 반복되고, “마음 놓고 꿈에 빠져들
라고 속삭이는” 일상성의 늪을 ‘악어떼’에 빗댄 시(「열대
야」)에서, 혹은 “여기저기 종기를 퍼트리고/축축한 진물
을 흘리”는 버섯들의 침공을 노래한 시에서(「버섯들」) 간
접적으로 재발견된다.

　상황이 이럴수록 세계의 공허와 마음의 허방은 더 크게
입을 벌렸을 것이다. 바로 그때 시인에게는 또 다른 종류
의 동물들이 찾아온다. 찾아와서, 이 세계에는 무언가가
결핍되어 있다고, 네 마음속에 무언가가 결락되어있다고
말한다. 예컨대 “새벽 세 시”에 “내 방 문 앞”에 도착한
“사자”란 무엇이겠는가. 우선 그것은 세계의 공허를 증거
하기 위해 미지의 신성이 보낸 사자(使者)일 터여서 “타
오르는 사자”로 나타나 나를 뒤흔든다. 한편 그것은 언젠
가 나를 떠나서 내 마음을 허방으로 만들어버렸던 나의 진

정(眞情)이 짐승의 몸을 입어 되돌아온 사자(獅子)이기도 할 터여서 "목마른 사자"로 나타나 "내 가슴의 샘에 머리를 처박고/긴 밤 물을 마시"길 원하고 있는 것이다. 세계의 공허와 마음의 허방을 육화하고 있는 이 사자는 "아주 먼 곳에서 먼 곳으로 불어가는/바람 소리"에 귀 기울이는 반달곰으로(「겨울잠」), "한 세월 아득한 꽃 소식 기다리며/갯벌을 건너가는" 꽃게로(「종일토록」) 더러 변신하기도 한다.

그러나 공허와 허방은 채워지지 않는다. 공허와 허방이 존재한다는 사실조차 자각하지 못하는 세속도시의 밤에 사자는 잠시 왔다가 이내 떠나고 만다. 첫번째 계열의 동물들이 촉발하는 피로와 절망 위에 두번째 계열의 동물들은 공허와 허방을 더 크게 입 벌려 놓고 떠나간다. "막 사라지는 사자의 꼬리"가 시의 결미를 장식할 수밖에 없는 까닭이 여기에 있다. 혹은 동물들의 내방으로 어수선한 1부에 "제발 이 삶 바깥으로 나를 데려가줘/내가 꾸는 꿈이 더 이상 나를 속이지 않는 곳으로/〔……〕/호리병은 사라지고/어부 홀로 텅 빈 그물을 들여다보고 있다"(「어부의 꿈」)나, "한때 내 속에 살던 노래는/어디론가 다 사라져버리고/나는 텅 빈 우물로 고요하다"(「저 석양」)와 같은 고백이 토로되어 있는 연유도 이와 다르지 않다. 저 구절들에서 '깊은 곳'에 '그물'을 던지던 베드로의 모습은 더 이상 찾기 어렵다. 깊은 곳은 '텅 빈 우물'이 되었고, 그물은 '텅 빈 그물'이 되었다. 우리는 성을 탕진했다. 이곳은 세속도시다.

환멸의 묵시록

2부의 시들은 동물들이 남기고 간 흔적 위에서 세속도시의 삶과 죽음, 사랑과 이별에 관해 성찰한다. 삶과 죽음이라고 썼지만, 여기에서 세속도시가 찬미하는 좋은 삶 well-being의 양상은 찾을 길이 없다. 그가 삶을 말할 때 그것은 늘 죽음을 예감하는 삶이고 그 예감 앞에서 무력한 삶이다. 이미 살핀 대로 1부의 동물들이 두 종류로 분별될 수 있다면, 이와 더불어 그의 죽음도 두 계열을 형성한다. 세속도시의 이면에 은폐되어 있다가 역류하는 죽음들이 있고, 세속도시의 타락을 일소할 파국으로서의 죽음이 있다. 더러 판타지의 형식을 취하는 두 종류의 죽음은 가령 이런 식으로 묘사된다.

나는 아주 낡고 더러운 소문의 도시에 살았다
장마가 지나가면 태풍이 다가왔고
잠시의 맑은 날 끝엔 눈사태가 기다리고 있었다
즐비한 술집 앞엔 가끔 얼어 죽은 시체가 발견되곤 했다
—「문밖에서」에서

누구나 하고 싶은 일만 하며

죽기를 기다릴 수는 없는 일 푸른

정맥을 드러낸 하늘에 주사를 놓고 싶은 날이면

흑사병이 도는 폐허의 도시를 꿈꾸고

거기 바닷가에서 나른한 햇살에 취해

홀로 죽는 꿈을 꾸고   ―「베니스에서 죽다」에서

"낡고 더러운 소문의 도시"와 "흑사병이 도는 폐허의 도시"는 모두 죽음을 동반한 도시이고 현실의 재현이 아니라는 점에서 판타지의 공간이지만, 그것에 적재되어 있는 죽음의 가치는 전혀 다르다. 전자가 세속도시의 타락상을 드러내기 위한 판타지라면 후자는 타락한 세속도시의 파국을 꿈꾸는 판타지다. 전자는 "발견"되는 죽음이고 후자는 "꿈"꾸는 죽음이다. 그리고 우리가 남진우만의 것이라고 자신 있게 말할 수 있는 것은 후자다. 묵시록을 시화한 사람들은 많았지만 그들은 대체로 묵시록의 독자의 자리에서 두려움과 더불어 그것을 표현했다(최승호가 그러했고 기형도가 그러했다). 그것은 궁극적으로 '계몽'의 목소리였다.

그러나 남진우의 묵시록은 더러 독자를 위해서가 아니라 스스로를 위해서 씌어진다. 그의 목소리는 묵시록의 저자의 목소리다. 묵시록의 저자들은 현세의 파국을 두려워하지 않는다. 차라리 그들은 그것을 기다린다! 그리고

남진우의 시에서 저 검은 판타지가 수다하게 반복되는 이유도 그의 묵시록이 '계몽'의 도구라기보다는 차라리 '향유'의 대상이기 때문일 것이다. 저 묵시록적 이미지들은 집요하고 도저하게 시인의 욕망을 견인한다. 우리는 이를 '이미지 페티시즘'이라고 부르고 싶다. 물론 이것은 계몽의 묵시록보다 한결 더 지독한 환멸의 묵시록이다.

이 환멸의 도시에서 남진우는 세속도시의 사랑과 이별을 노래한다. 물론 그가 사랑과 이별에 관해 말한다 해도 거기에서 에로티시즘을 느끼기는 어렵다. 대신 거기에는 '획득되는 성'과 '좌절되는 성'의 슬픈 드라마가 있다. 그가 그리는 사랑은 미묘하게 양가적이어서, 그것은 신성에 육박하기 위해서 불가불 극복하고 돌파해야 하는 어떤 불완전한 인간성의 한 일각처럼 보이기도 하지만, 신성의 회복을 가능케 하는 숭고한 제의의 형식처럼 보이기도 한다. 초기 시들에는 앞의 경향이, 이후의 시들에서는 뒤의 경향이 승하다. 예컨대 『깊은 곳에 그물을 드리우라』의 '그녀'들은 현실감이 거의 없는 일종의 추상이다. 초월에의 열망에 강하게 결박되어 있는 '나'에게 그녀들은 그 자체로 숭고한 성의 표상이거나 완전한 나를 위해 내가 끌어안아야 할 아니무스animus였다. 이 숭고한 동일성의 세계에는 세속도시의 사랑이 들어설 자리가 없었다. 그러나 두번째 시집과 세번째 시집에서 우리는 타자성과 세속성이 조금씩 개입해 들어오는 장면을 목격한다.

예컨대 「어느 사랑의 기록」(『죽은 자를 위한 기도』)이나 「달은 계속 둥글어지고」(『타오르는 책』)와 같은 시를 우리는 잊지 못한다. "사랑하고 싶을 때/내 몸엔 가시가 돋아난다"로 시작되는 앞의 시에서, 세속도시에서의 사랑은 비루한 세속의 난장을 뛰어넘어 성에 도달하고자 하는 이들의 가학적이고 피학적인 몸부림처럼 보인다. "사랑이 끝나갈 무렵/가시는 조금씩 시들어"가고 그제야 비로소 "어둠에 잠긴 사원"으로 '나'는 떠난다. 그는 어쩌면 세속도시의 사랑이란 결국 마음의 사원으로 떠나기 위한 통과제의일 수밖에 없다고 믿었던 것일까. 여하튼 여기에서 사랑하는 이들은 "다만 죽이며 죽어간다." '가시'로 상징되는 이 불가능한 사랑은 두번째 시집에서 유력하게 나타났던 크라토파니의 자장 안에 있다.

한편 뒤의 시에서 '나'는 수박을 먹고 있는 '그대'의 곁을 지킨다. "그대는 수박을 먹고 있었네/그대가 베어문 자리가 아프도록 너무 아름다워/나는 잠시 먼 하늘만 바라보았네"라는 구절과 더불어 이 아름다운 시가 끝날 때, 우리는 「달은 계속 둥글어지고」라는 제목을 다시 한 번 음미한 다음, 사랑의 감정이 어떻게 범속한 일상의 한 순간을 히에로파니의 시간으로 끌어올릴 수 있는지, 어떻게 사랑하는 사람들이 그들의 응시만으로 하나의 성소를 이룩해낼 수 있는지를 새삼 납득하게 된다. 엘리아데는 "인간이 다루고 느끼고 접촉하고 사랑했던 것은 어느 것이나 히에로파니로 변할 수 있다"(『종교형태론』)는 말로 성과 속의 변증법을 설명한다. 저 "달"과 "수박"과 "그대의 가지런한 이"와 "그대가 베어문 자리"가 이룩해내는 이 순정하고 지극한 풍경과 더불어 그는 세번째 시집에 와서야 진정한 의미의 '성과 속의 변증법'을 보여줄 수 있었다. 이렇게 그는 성과 속의 경계에 서서, 성과 속의 변증법을 사랑의 문법으로 노래하고, 그때 그의 시는 대부분 성스러운 아름다움에 도달한다. 이번 시집에서는 예컨대 이런 식이다.

선인장 가시를 입에 물고
여인은 반 지하 방 창문을 노려본다
창밖 수평으로 펼쳐진 마당에 어느덧 봄빛이 번져가고 있다
두 손으로 부풀어 오른 배를 쓰다듬으며
여인은 낮게 웅얼거린다

그 새낀 죽었어, 하지만
나는 너를 꽃피우고 말 거야   ─「선인장」에서

그의 대부분의 시를 끌고 가는 것이 남성적인 봉헌의 상상력이라면, 위의 시를 끌고 가는 것은 여성적인 회임의 상상력이다. 실연의 아픔 속에서 한 여인이 시들어간다. 그녀의 마음이 사막이라서, 그녀의 육신은 선인장이다.

그녀를 떠난 그가 그녀의 꿈속에서 불에 타 죽고, 이 상징적 화형 덕분에 그녀는 버려진 존재이기를 그만둘 수 있게 된다. 비로소 "만삭의 달"이 구름 사이로 얼굴을 내밀고, 겨울은 저물고 봄이 온다. 이윽고 여인은 최승자의 어떤 화자들처럼 뱃속의 아이에게 말한다. "그 새낀 죽었어, 하지만/나는 너를 꽃피우고 말 거야." 세속도시의 사막에서 그녀들은 이렇게 선인장의 생명력과 더불어 성과 속의 경계를 교란한다. 이것은 얼마간 고전적인 상상력이지만, 저 여인의 단호한 목소리는 남진우의 시에서 적잖이 이채로운 것이다. 세속도시의 사막에서 그녀는 구원될 수 있을까? 사랑이라는 흑사병의 행성에서 우리는 구원될 수 있을까? 이 질문과 더불어 그는 성소를 향해 떠난다.

신성의 지리학

삶과 죽음, 사랑과 이별의 시들에 깔려 있는 자멸적 비애와 공감하는 일이 실로 남진우의 시를 읽는 일의 관건이다. 그 비애가 '신성의 지리학'이라 불러도 좋을 3부의 시들을 낳는데, 여기서 그의 비애는 성소(聖所)를 잃어버린 자의 비애다. 3부는 폐허가 된 성소(사원)를 순례하는 자의 기록이다. 앙코르 와트 사원(「앙코르」), 몽생미셸 수도원(「몽생미셸」), 반얀나무가 드리워져 있는 인도의 사원

(「반얀나무 아래」), 카타콤(「카타콤」), 인도의 두르가 사원(「멍키 템플」) 등이 그 폐허가 된 성소의 목록을 형성한다. 퇴색한 성소들을 거니는 자의 비애는 그 성소를 자신과 동일시하는 순례자의 상상력을 촉발하기도 한다. 거명한 시들에서 '시적인 것'이 발화(發火)하는 지점들은 예컨대 그가 그 공간과 자신을 동일시하는 순간, 혹은 그 공간을 지키는 이에게서 전생의 '나'를 발견하는 순간들과 겹쳐진다.

저녁이 머뭇대며 내 주위를 에워싸기까지
기다리는 이는 오지 않고
조용히 물살을 가르며 내게 다가오는 숲 그림자
나는 어느덧 온몸을 휘감아 오르는 나뭇가지 푸르름에 휩싸여
아무도 찾지 못하는 사원이 된다
　　　　　　　　　　　　　—「오래된 사원」에서

그늘진 사원 한 켠
목이 달아난 불상 앞에 향을 피우고 기도하는 사람들
그 앞에 잠시 고개 숙이고 몇번째인지 모를 생을 헤아리다
어스름에 잠긴 돌의 도시를 빠져나온다
　　　　　　　　　　　　　—「앙코르」에서

앞의 시에서 '나'는 강가에 앉아 "강 건너 숲 저편/낡은 사원"을 본다. '나'는 강물만 적막하게 들여다보고 있을 뿐 강 건너 성소로 건너갈 수 없다. 강물을 들여다보는 행위는 강 이편(차안)과 강 저편(피안)의 절망적 단절을 몽상의 힘으로 극복하기 위한 것이겠거니와, 초기 남진우였다면 "순간, 저 아래에서 (……) 빛나는 눈 하나가 나를 향해 다가왔다"(「깊고 둥글고 어두운」, 『깊은 곳에 그물을 드리우라』)라고 썼을 테지만, 오늘날 '나'는 "저 물속으로 깊이 자맥질해 들어가면/거기 나를 기다리는 누가 있을까" 회의한다. 바로 그때, 강 건너 숲 그림자가 강 이편의 나에게로 밀려오고 나는 푸르름에 휩싸여 어느덧 사원이 된다. 이 결말은 아름답다. 그러나 이 아름다움은 신성과의 합일이 초래하는 숭고한 아름다움이 아니라, 퇴락한 성소의 운명을 제 것으로 받아들이는 자의 비애가 초래하는 아름다움이다. 나를 기다리는 이는 없고, 내가 기다리는 이는 오지 않는 이 진퇴양난의 상황이 나를 퇴락한 성소로 만든다. 나는 "아무도 찾지 못하는 사원"이다.

뒤의 시에서 '나'는 "돌의 도시"를 거닐면서 "부서지고 무너지고 금이 간" 도시의 역사를 더듬고, "홀로 이 돌의 도시에 남겨진" 자신의 운명을 반추한다. 그리고 '나'는 성소를 지키고 있는 일군의 사람들에게서 불현듯 '나'의 전생을, 혹은 전생의 전생을 본다. "몇번째인지 모를 생"을 거듭하면서 나는 신성을 위해 헌신했고 내 존재를 봉헌

했다. 그러나 비슈누의 신성은 몰락했고, 앙코르 왕조의 옛 영광은 가뭇없다. "전생의 꿈"을 남겨두고 돌의 도시를 빠져나오는 '나'의 모습은 못내 쓸쓸하고, 자신을 '오래된 사원'이라고 생각하는 자의 현재는 이렇듯 참혹하다. 이 참혹은 앞의 시에서는 공간의 층위에서, 뒤의 시에서는 시간의 층위에서 산출된다. 나는, 폐허가 된 성소처럼, 시장의 천국인 현재의 공간과 불화하는 '과거의 공간'이다. 그리고 나는, 폐허가 된 성소처럼, 성과 합일할 수 있었던 과거의 시간들과 불화하는 '현재의 시간'이다. 3부에서 가장 아름다운 두 편의 시는 저 두 층위의 상실을 몽상의 힘으로 이렇게 넘어서고 있어서 인상적이다.

하루의 소란이 다 저물고 난 뒤
깊은 밤이 찾아오면 조가비는 비로소 입을 열어
밤하늘 가득 맺힌 물방울 같은 별들을
제 속으로 빨아들인다   ―「몽생미셸」에서

더 이상 돌지 않고
무슨 얼룩처럼 사진에 붙박인 갈매기 한 마리
눈길을 주는 순간 물결을 일으키며
사진을 들여다보고 있는 내 눈동자 속으로 뛰어들어와
다시 돌기 시작한다   ―「오후 세 시의 추억」에서

이 시들의 결미가 아름다운 것은 '그럼에도 불구하고'
의 몸부림이 빼어난 이미지들을 창조해내고 있기 때문이
다. 앞의 시에서 '조가비'는 "순례자 대신 장사치와 관광
객들로 붐비는" 수도원의 낮이 저물고 나면 온몸으로 신
성을 흡입한다. "조가비처럼 누워 있는 수도원"은 "값싼
지폐와 신성을 교환하"는 타락한 성소이기를 그치고 본래
적인 성소로 거듭난다. 이 이미지는 성소를 되살리고 신
성을 회복하기 위한 필사적인 몽상의 소산이다. 이렇게
어떤 몽상은 '공간'의 성속을 뛰어넘는다.

뒤의 시에서는 동일한 사태가 시간의 층위에서 발생한
다. 완벽한 기승전결 패턴을 밟아나가는 이 시에서 흑백
의 풍경("흑백사진")을 푸르른 풍경("물결을 일으키며")으
로, 정태적 풍경("붙박인 갈매기")을 역동적 풍경("다시
돌기 시작한다")으로 전변시키는 이 힘은 밤이 되면 별들
을 빨아들이는 조가비의 저 흡입력과 다른 것이 아니다.
몽상의 힘으로 수도원이 본래적인 성소로 거듭난 것처럼,
"돌고 돌다가 점이 되어 허공 속으로" 사라져버린 "내 젊
음"이 몽상의 힘으로 "다시 돌기 시작한다." 이렇게 어떤
몽상은 '시간'의 성속을 뛰어넘는다.

남진우의 시에서 '시적인 것'이 작열하는 순간은 바로
이런 순간이다. 신성을 향한 열망이 몽상을 촉발하고, 이
윽고 그 몽상이 수일(秀逸)한 이미지들을 창조해내고, 마
침내 그 이미지들이 대상의 완강한 현실성을 뛰어넘어 신

성을 탈환하는 순간 말이다. 이 탈환의 순간을 시인은 대개 무심한 현재형으로 처리한다. 그의 시에는 '~하고 싶다'의 층위가 거의 존재하지 않는다. 그는 곧장 '~이다'의 세계로 넘어간다. "깊은 밤이 찾아오면" 혹은 "눈길을 주는 순간", 조가비는 입을 열고 갈매기는 뛰어들어, 마침내 "빨아들인다" 혹은 "돌기 시작한다." 정념을 설득하려 들지 않고 성속(聖俗)의 속성변화를 단번에 도모하는 저 현재형들을 일종의 기도의 형식이라 간주해도 좋다. 이제 순례는 끝났다.

아도르노Adorno는 "절망에 직면해 있는 철학이 아직도 책임져야 할 것이 있다면 그것은 오직 사물들을 구원의 관점에서 관찰하고 서술하려는 노력이 아닐까"(『미니마 모랄리아』)라고 쓴 적이 있다. 이 말은 오늘날 더욱 절실하게 들린다. 세계는 풍요롭고 인생은 아름답다, 무엇이 문제인가, 라고 말하는 순간 우리가 잃어버리는 것은 '구원에 대한 감각'이다. 구원 그 자체가 아니라 구원에 대한 감각이 망실되어 가는 상황이 더 치명적이다. 오늘날 한국 문학이 빠른 속도로 잃어가고 있는 것도 바로 '이 세계는 구원되어야 한다'는 위기의식과 '나 자신을 구원해야 한다'는 문제의식이다. 지금은 "세상의 종말을 알리는 선지자조차 지쳐 떨어진 밤"(「겨울 일기」)이다.

그런 맥락에서 남진우의 시는 소중하다. '절망을 연습

하던' 로트레아몽 백작은 이제 "눈먼 탁발승"(「전갈에 물리다」)이 되어버렸지만, 그래도 그는 구원에 대한 감각을 잃어버리지 않았다. 비록 그가 "얼어붙은 내 입은 녹지 않"(「겨울 일기」)는다고, "혀끝에 남은 몇 마디 말"(「저녁산책」)조차 허망하다고, 그래서 "혀를 말아 입 깊숙이 처넣"(「겨울 일기」)고 싶다고 말할 때, 그러니까 메마른 지상에서 메마른 말들을 말해야 하는 인간의 허망을 거듭 말할 때, 그의 체념이 너무 짙어 보여 우리는 염려하게 되지만, 그가 구원에 대한 감각을 완전히 놓아버리는 일은 없을 것이다. 그것은 그의 유일한 주제이기 때문이다.

이렇게 그의 시는 문득 성을 계시하면서 우리를 세속도시의 이방인으로 만든다. 이윽고 나 자신을 들여다보게 하고, 나를 날카롭게 반으로 쪼개버린다. 나를 나 자신의 타자로 만든다. 한때 우리는 심장을 꺼내 줄 수도 있다는 마음으로 한 사람을 사랑했던 적이 있다. 그러나 그 사랑, 부질없었다. 제 안의 심연을 메우려는 자의 슬픈 열망, 그것이 성(聖)을 찾게 만든다. 히말라야 설산(雪山) 앞에서 그는 말한다. "자신의 내면에 깊은 심연만이 아니라 그처럼 높은 설산이 자리하고 있다는 사실을 사람들은 너무 오래 잊고 지낸 것은 아닐까?"(『나는 왜 문학을 하는가』) 왜 아니겠는가, 바로 당신의 시가 그 사실을 되새기게 한다. 그러니 독자여, 열세번째 사도의 노래를 들어라. 설산은 있다. 그곳으로 오라. 설산은 없다. 그래도 오라. ▨